La princesa y el millonario
Caitlin Crews

D1347796

HARLEQUIN™

Editado por HARLEQUIN IBÉRICA, S.A.
Núñez de Balboa, 56
28001 Madrid

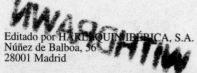

I.S.B.N.: 978-84-671-9587-3
Depósito legal: B-1057-2011
Editor responsable: Luis Pugni
Preimpresión y fotomecánica: M.T. Color & Diseño, S.L.
C/ Colquide, 6 portal 2 - 3º H. 28230 Las Rozas (Madrid)
Impresión y encuadernación: LITOGRAFÍA ROSÉS, S.A.
C/ Energía, 11. 08850 Gavá (Barcelona)
Fecha impresion para Argentina: 15.8.11
Distribuidor exclusivo para España: LOGISTA
Distribuidor para México: CODIPLYRSA
Distribuidores para Argentina: interior, BERTRAN, S.A.C. Vélez
Sársfield, 1950. Cap. Fed./ Buenos Aires y Gran Buenos Aires,
VACCARO SÁNCHEZ y Cía, S.A.
Distribuidor para Chile: DISTRIBUIDORA ALFA, S.A.

Prólogo

LUC Garnier no creía en el amor.

El amor era una locura. Era agonía, desesperación y vajillas lanzadas contra la pared. Luc creía en los hechos. En las pruebas. En contratos blindados y en la incuestionable certeza del dinero. Toda su vida había sido implacable y había disfrutado a cambio de un enorme éxito. No creía que fuera suerte o casualidad. La emoción no tenía nada que ver.

Y por lo mismo, la emoción no tendría nada que ver en la elección de su futura esposa.

La Costa Azul refulgía bajo el sol de la tarde mientras paseaba por Niza en dirección a Promenade des Anglais, donde se erigía el famoso hotel Negresco asomado a las azules aguas de Baie de Anges y el Mediterráneo al fondo. Era uno de sus hoteles favoritos en Francia, tanto por el servicio como por las obras de arte que albergaba, pero el motivo que le llevaba a aquel lugar ese día era otro muy distinto.

Había llegado aquella mañana en avión desde París, decidido a comprobar por sí mismo si la última candidata a esposa era tan guapa como parecía en la foto.

El problema era que todas parecían estupendas ya que uno de los requisitos para formar parte de su lista era que provinieran de la nobleza. La última había parecido perfecta, pero unos días con lady Emma en Londres habían revelado una exagerada afición a la vida nocturna y los hombres.

No le preocupaba que su esposa tuviera un pasado, pero prefería que ese pasado no incluyera a personas que pudieran ser objetivo de la prensa amarilla.

—Así son las chicas de hoy —había sentenciado su mano derecha, Alessandro, después de que Luc descubriera la última juerga nocturna de lady Emma.

—Las mujeres modernas podrán ser todo lo juerguistas que quieran —le había espetado—, pero mi esposa no. ¿Pido demasiado?

—¡Si sólo fuera eso! —Alessandro había soltado una carcajada—. Debe ser noble, cuando no aristócrata para honrar tu ascendencia. Deber ser pura. No puede haber sido joven ni estúpida, para que no se haya visto salpicada por ningún escándalo. No creo que exista.

—Puede que no —había admitido Luc mientras cerraba con gesto de desagrado el dosier recopilado sobre lady Emma—. Mi madre me enseñó hace mucho que, a menudo, la belleza no hace más que enmascarar la deshonra y la traición. Sólo te puedes fiar de una reputación intachable —había sonreído a Alessandro—. Si existe, la encontraré.

—¿Y qué pasa si esa maravilla no desea casarse contigo?

—¡Por favor! —Luc había soltado una carcajada—. Eso es poco probable que suceda, ¿verdad? ¿A qué mujer no le gustaría convertirse en mi esposa? ¿Qué puede desear una mujer que yo no pueda ofrecerle? Pondré todo mi dinero y poder a su entera disposición.

—A las mujeres les gusta el romanticismo —Alessandro había suspirado. Su alma romántica italiana se rebelaba—. No quieren ser tratadas como una propuesta de negocios.

—Pues así son las cosas —Luc se había encogido de hombros—. Y ella deberá comprenderlo.

—Me temo, amigo mío, que vas a estar buscando mucho tiempo —Alessandro había sacudido la cabeza.

Pero a Luc no le asustaba el trabajo duro y, aparentemente, inútil. Y en ello reflexionaba al girar la esquina y encontrarse frente a la entrada del hotel. Sus famosos padres habían fallecido cuando él apenas contaba veintitrés años, y había tenido que abrirse camino él solo. Incluso antes de su muerte en un accidente de barco, ya había ido más o menos por su cuenta. A sus padres siempre les había interesado más su relación de pareja, con sus permanentes complicaciones, que su propio hijo.

Sin embargo no lamentaba la manera en que lo habían criado, por mucho que algunas personas insistieran en que reflejaba alguna carencia, algo que nadie se había atrevido a decirle a la cara desde hacía bastante tiempo. Crecer en un ambiente tan cargado de pasión, celos y traición le había liberado de las necesidades que parecían gobernar a otros hombres. También le había permitido tener más éxito, y eso era lo único que le importaba, porque, ¿qué más había en la vida? No le interesaba el amor ni las emociones. Lo que deseaba era una esposa en el sentido más tradicional de la palabra, por los motivos más tradicionales. Estaba a punto de cumplir los cuarenta y ya era hora de formar una familia que portara su legado y la aristocrática sangre italiana de su madre. La esposa que eligiera tendría que tener la misma sangre augusta, de una nobleza que datara de siglos, al menos equivalente a la de su propia familia. Era la tradición. Era su deber.

Necesitaba una esposa que conociera su deber.

Entró en el antiguo y elegante hotel y pasó ante los porteros con guantes blancos. Atravesó el Salon Royal con la cúpula diseñada por Gustave Eiffel y los candelabros de Baccarat que iluminaban a algunos de los ma-

yores filántropos del mundo. Pero él hizo caso omiso
de todo mientras buscaba con la mirada a la mujer a la
que había ido a conocer. Al fin la vio, la princesa Gabrielle de Miravakia.

Le agradó comprobar que destacaba entre la multitud con naturalidad. No intentaba atraer la atención sobre ella. No se insinuaba de manera indecorosa ni se
acercaba a los hombres que competían por su atención.
Se mantenía tranquila y elegante, refinada y regia.

Era muy bonita, lógicamente. Era una princesa real, la
heredera al trono de su país. Luc ignoró su aspecto y se
centró en su manera de conducirse, totalmente impecable.

Llevaba los cabellos recogidos en un elegante moño
a la altura de la nuca e iba vestida con un sencillo vestido.
Sus únicas joyas eran unos pendientes y una pulsera. Era
todo sofisticación y elegancia mientras presidía una de
las múltiples galas benéficas que la habían hecho famosa.
Era la princesa perfecta en todos los sentidos.

Pero no podía fiarse sólo de su aspecto. ¿Sería real-
mente tan impecable como parecía?

Luc le pidió una bebida al camarero y se apartó de
la gente para poder observarla sin ser visto. Había ave-
riguado que la princesa estaría en Niza durante toda la
semana y tenía previstas unas cuantas apariciones en
público, algo que no le interesaba tanto como saber a
qué iba a dedicar sus ratos libres.

Estaba convencido de que, igual que lady Emma, la
princesa Gabrielle acabaría por mostrársele tal y como
era. Sólo tenía que tener paciencia y esperar.

Sin embargo se permitió unos segundos de opti-
mismo.

Si resultaba ser tan perfecta como parecía, lo había
conseguido. Al fin había encontrado a su esposa.

Capítulo 1

CUMPLE con tu deber –le había ordenado su padre instantes antes de que el órgano de la catedral cobrara vida–. Haz que me sienta orgulloso de ti.

Las palabras resonaban en la mente de la princesa Gabrielle cuyo paso era ralentizado por el peso del traje de novia. La larga cola fluía a sus espaldas, extendiéndose casi tres metros como correspondía a una princesa el día de su boda. Pero ella sólo sabía que le costaba caminar, aunque mantuvo la espalda recta y la cabeza alta... como siempre.

Afortunadamente, el velo que le cubría el rostro ocultaba la expresión que, por primera vez en sus veinticinco años, temía no poder controlar, así como las lágrimas que inundaban sus ojos.

No podía llorar. Allí no. No en ese momento.

No mientras avanzaba por el pasillo de la catedral de su reino, del brazo de su padre, el rey de Miravakia. El hombre al que había intentado, sin éxito, complacer toda su vida.

Incluso en la universidad había estado tan obsesionada con ganarse la aprobación paterna que había estudiado a todas horas. Mientras sus compañeros iban de fiesta por Londres, Gabrielle se había enterrado entre libros. Al acabar los estudios, a pesar de su título de economista, se había entregado a las obras benéficas, tal y como esperaba su padre que hiciera una princesa de Miravakia.

Cualquier cosa para ganarse su favor. Ése era el mantra de su vida.

Incluso el matrimonio con un perfecto extraño que él había elegido.

¿Por qué lo aguantaba? El suyo no era un reino feudal, ni ella un bien consumible. Sin embargo no sabía cómo contradecir a su padre sin caer presa de su furia.

—He aceptado una propuesta de matrimonio —había dicho el rey Josef una mañana tres meses atrás.

Gabrielle había dado un respingo. Su padre ni siquiera había levantado la vista del desayuno. Le sorprendía que le hubiera hablado siquiera. Normalmente desayunaba en silencio mientras leía el periódico, aunque siempre insistía en que ella lo acompañara.

—¿Una propuesta de matrimonio? —se sorprendió. Su padre no había mostrado el menor interés por volverse a casar desde la muerte de su madre cuando ella tenía cinco años.

—Una mezcla de sangre real y riqueza casi ilimitada que me pareció muy atractiva —había dicho el rey—. Y desde luego reforzaría el estatus del trono de Miravakia.

Era como discutir la compra de un coche. La mente de Gabrielle había echado a volar. ¿Iba a tener una nueva madre? La idea casi le resultó divertida. Por mucho que amara a su padre, no era fácil vivir con él.

—No habrá un tedioso y prolongado noviazgo —había continuado su padre mientras se frotaba los finos labios—. No tengo paciencia para esas cosas.

—Claro —había asentido ella.

¿A quién habría podido encontrar su padre que cumpliera los requisitos para ser su esposa? Por norma general solía tener una pésima opinión de cualquier mujer y, como rey de Miravakia, la novia sólo podría pertenecer a una selecta lista de miembros de la realeza.

–Espero que te comportes como es debido –había continuado él–. No quiero ninguna escenita histérica tan habitual entre las de tu género cuando se les habla de bodas.

Gabrielle había evitado responderle.

–Confío en que lo organices todo rápida y eficazmente.

–Claro, padre –había contestado ella de inmediato. Nunca había planificado una boda, pero no podría ser tan diferente de los actos de Estado que sí había organizado. Disponía de un equipo estupendo, capaz de cualquier milagro. Además, a lo mejor una nueva esposa conseguía hacer aflorar un aspecto más tierno de su rígido padre.

Perdida en sus pensamientos le sobresaltó el ruido que hizo el rey con la silla al levantarse. Y sin decir una palabra más, dio por zanjado el asunto. Qué típico de él. Sintió una súbita oleada de afecto por sus rudas maneras que casi le hizo reír.

–Padre –lo llamó antes de que abandonara la sala.

–¿Qué quieres? –se volvió él con impaciencia.

–¿No me vas a decir el nombre de la novia? –sonrió ella mientras se reclinaba en la silla.

–Deberías esforzarte un poco más, Gabrielle –su padre la miró fijamente con el ceño fruncido–. De lo contrario vas a arruinar este país cuando me sucedas. La novia... eres tú.

Sin añadir nada más, el rey se dio media vuelta y salió de la habitación.

Al recordarlo aquella mañana en la catedral, Gabrielle se quedó sin aliento mientras el pulso se le aceleraba.

Sentía aumentar el pánico y luchó por hacer entrar algo de aire en los pulmones mientras se ordenaba calma.

Su padre no perdonaría jamás una escena, o si mostraba cualquier cosa que no fuera una dócil aceptación, incluso gratitud, por el modo en que había dirigido sus asuntos. Su vida.

Su matrimonio.

Sintió bajo la temblorosa mano la pesada y áspera manga de la ornamentada chaqueta del rey mientras avanzaban por el pasillo central. Cada paso le acercaba más a su destino.

No podía pensar en ello. No podía pensar en él... su novio. Pronto su esposo. Su compañero. El rey de su pueblo cuando ella se convirtiera en reina. De sus labios surgió un sonido parecido a un sollozo, aunque afortunadamente quedó tapado por la música.

La catedral estaba abarrotada de miembros de la realeza y la nobleza europea, así como aliados políticos y socios de su padre. En el exterior, el pueblo de Miravakia celebraba la boda de su princesa. La prensa proclamaba la alegría en las calles desde que su Gabrielle había encontrado a su esposo. Su futuro rey.

Un hombre al que ella no conocía y apenas había visto. Nunca en persona.

Su futuro esposo la había conseguido mediante contratos, reuniones con su padre y negociaciones. Todo sin el consentimiento o conocimiento de la novia. Su padre no le había pedido opinión, ni siquiera había considerado sus sentimientos. Había decidido que era hora de que se casara, y le había elegido el novio.

Gabrielle jamás discutía con su padre. Jamás se rebelaba ni le contradecía. Era buena, obediente, respetuosa hasta la extenuación. Y todo con la esperanza de que algún día le devolviera algo de ese respeto. Quizás incluso que la amara... un poco.

Sin embargo, su padre la había vendido al mejor postor.

Luc se sintió triunfante al contemplar a la mujer que pronto sería su esposa acercarse por el pasillo central. De pie en el altar, apenas se fijó en los arcos de vidrieras o las cientos de gárgolas que lo contemplaban desde lo alto. Su atención estaba fija en ella.

Apretó los labios con fuerza al pensar en su imprudente e irreflexiva madre y la destrucción que había desencadenado con su rebeldía, sus pasiones. Pero Luc no tenía el carácter manipulable de su padre. Él no aceptaría un comportamiento así, no de su esposa.

Esa esposa debía estar a salvo de cualquier posible reproche. Debía ser práctica, ya que el matrimonio lo sería sobre el papel primero, y de carne y hueso después. Pero, sobre todo, debía ser digna de confianza porque él no toleraba la traición. En su matrimonio no habría ninguna «discreta aventura». Sólo aceptaría plena obediencia. No habría chismorreos en la prensa, ningún escándalo.

Había buscado durante años. Había rechazado a innumerables mujeres, y casi rozado el fracaso con lady Emma. Como todo en su vida, desde los negocios a su vida privada, celosamente guardada, su negativa a un compromiso le había aislado, aunque también recompensado.

Como jamás se había comprometido, había conseguido lo que deseaba. La princesa perfecta. Al fin.

La princesa Gabrielle era sumisa y dócil, como evidenciaba su presencia en la catedral, avanzando hacia un matrimonio concertado porque su padre se lo había ordenado. Todo iba saliendo bien. Suspiró complacido.

Recordó los soleados días en que la había seguido por Niza. Poseía una elegancia natural y no se alteraba por mucho que llamara la atención. Jamás en su vida había provocado un escándalo. Era conocida por su serenidad y su absoluta ausencia en los titulares de prensa. Y si aparecía en los periódicos era sólo en referencia a sus obras benéficas. Comparada con las demás aristócratas que se paseaban por Europa, podría considerársela una santa.

El imperio de Luc Garnier estaba basado en el perfeccionismo. Si no era perfecto no podía llevar su nombre.

Y su esposa no sería una excepción.

No había dejado nada al azar. Había encargado a otros la recopilación de información, pero él había tomado la decisión final, como siempre, fuera cual fuera la adquisición. La había seguido en persona porque sabía que no podía fiarse de la opinión de nadie más. Los demás podrían haber cometido errores o pasado por alto algún detalle, pero él no. No habría abordado a su padre de no haber estado absolutamente satisfecho. No sólo era la mejor elección como esposa, sino su elección.

Luc se había reunido con el rey Josef, para perfilar los últimos detalles del contrato, en la lujosa suite del monarca en el hotel Bristol de París.

–¿No desea conocerla? –había preguntado el monarca una vez concluido el trato.

–No será necesario –había contestado Luc–. A no ser que usted lo desee así.

–¿Y a mí qué me importa? –el rey había resoplado por la nariz–. Se casará con usted.

—¿Está seguro? —había preguntado Luc, aunque sabía que las negociaciones jamás habrían llegado tan lejos si el rey no estuviera seguro de la obediencia de su hija—. El nuestro no es un acuerdo muy habitual hoy en día. Una princesa y un reino a cambio de riqueza e intereses comerciales. Parece algo más propio del pasado.

—Mi hija fue educada para hacer lo correcto por su país —el rey agitó una mano en el aire—. Siempre he insistido en que Gabrielle comprenda que su posición requiere cierta dignidad —frunció el ceño—. Y una enorme responsabilidad.

—Pues parece que se lo ha tomado muy en serio —había observado Luc—. Jamás he oído que se hable de ella salvo para hacer referencia a su elegancia y serenidad.

—Por supuesto —el rey pareció sobresaltado—. Toda su vida ha sabido que su papel como princesa iba antes que cualquier consideración personal. Será una buena reina algún día, aunque necesita una mano firme que la guíe. No le causará problemas.

Eso satisfacía plenamente a Luc.

—Pero basta ya —el monarca parecía molesto por haber dedicado tanto tiempo a hablar de algo tan poco interesante—. Brindemos por el futuro de Miravakia.

—Por el futuro de Miravakia —había murmurado Luc. Gabrielle se convertiría en su esposa y, por fin, se demostraría a sí mismo y al mundo que no estaba cortado por el mismo patrón que sus difuntos padres. Él, Luc Garnier, quedaría libre de cualquier reproche.

—Eso, eso —el rey Josef alzó una ceja invitando a las confidencias—. Y por las mujeres que saben cuál es su lugar.

Esa mujer avanzaba hacia él por el pasillo de la catedral y Luc se permitió una sonrisa.

Era perfecta, se había asegurado de ello. Y estaba a punto de convertirse en suya.

Gabrielle lo veía desde detrás del velo. Se erguía alto ante el altar y su mirada parecía ordenarle que se acercara a él. Que se acercara a su futuro.

A su novio, al que no había visto antes, aunque le había investigado. Por parte de madre descendía de un rancio linaje de aristócratas italianos y su padre había sido un multimillonario francés cuya fortuna había duplicado Luc antes de cumplir los veinticinco. La turbulenta historia de amor de sus padres había sido portada de la prensa. Habían fallecido en un accidente de barco cuando su hijo contaba poco más de veinte años. Y según algunos, eso explicaba su carácter decidido y emprendedor. La mandíbula, junto con el brillo de los oscuros ojos, delataba un carácter despiadado.

«No puedo hacerlo...».

Y sin embargo iba a hacerlo.

No tenía elección, no se había permitido ninguna, pero tampoco tenía por qué obligarse a presenciarlo. Mantendría la mirada baja. No quería mirar a ese hombre, a ese extraño que pronto sería su esposo. Las enormes manos le agarraron los temblorosos dedos para guiarla en los últimos pasos hasta el obispo.

Gabrielle tenía todos los sentidos en alerta. El corazón latía alocadamente contra las costillas y unas lágrimas de rabia, y algo más oscuro, amenazaban con inundar sus ojos e impedirle la visión.

Era tan masculino, tan inconmovible. A su lado, su gran corpulencia le hacía parecer una enana. Irradiaba fuerza y un calor amenazante que surgía de la mano que la aferraba con fuerza y que hacía que sintiera las piernas peligrosamente débiles.

«Sólo es otro ataque de pánico». Se ordenó respirar. Se ordenó calmar la confusión que le hacía estremecerse junto a ese hombre.

El extraño al que su padre la había vendido.

Si cerraba los ojos podía imaginarse fuera, bajo el sol, disfrutando de la agradable brisa de los Alpes que bañaba el país incluso en pleno verano. Los pinos negros y los tejados rojos de las casas se esparcían por la montañosa y diminuta isla, rabiosamente independiente del mar Adriático, más cercana a la escarpada costa croata, hacia el este, que a Italia, al oeste.

Por su país, por su padre, haría lo que fuera.

Incluso aquello.

Sin embargo, mantuvo los ojos cerrados y se imaginó en otra parte.

En cualquier lugar menos...

–Abre los ojos –le ordenó Luc susurrando mientras el obispo oficiaba la ceremonia.

La estúpida criatura se había puesto rígida y a través del velo se veía claramente que tenía los ojos cerrados.

Sintió cómo la joven se sobresaltaba y sus delicadas manos temblaban entre las suyas. Los dedos estaban pálidos y fríos.

–¿Cómo...?

La voz fue apenas un susurro, pero a Luc le provocó un cosquilleo. Se fijó más detenidamente en el fino cuello. Todo su cuerpo estaba formado por delicadas líneas y suaves curvas y de repente sintió el deseo de besar cada una de ellas.

La oleada de deseo le sorprendió. Sabía que era her

mosa, y había anticipado el placer que le producirían las relaciones íntimas con ella. Pero aquello era algo más...

Era consciente de la tensión en los frágiles hombros, de la respiración entrecortada. Consciente de toda su persona a pesar de que apenas veía su rostro tras el velo. Sintió una enorme tensión en la ingle que se irradió hacia el exterior. Incluso el leve roce de sus dedos en medio del altar de una iglesia, y a apenas un metro del obispo, le provocaba una oleada de calor en todo el cuerpo.

De repente se dio cuenta de que ella temblaba. A lo mejor no estaba tan contenta con la boda como había supuesto.

Luc casi se echó a reír. Allí estaba, imaginándose la noche de bodas con todo lujo de detalles mientras que su novia estaba hecha un manojo de nervios. No podía reprochárselo. Sabía que muchos lo encontraban intimidatorio. ¿Por qué no ella?

—Nos irá bien juntos —susurró él en un intento de tranquilizarla. Fue un impulso totalmente nuevo en él, tan extraño como el deseo de protegerla que siguió.

Gabrielle volvió a estremecerse y él le apretó los dedos con más fuerza.

Le pertenecía, y él siempre cuidaba de sus posesiones.

Gabrielle se obligó a abrir los ojos aunque la voz del extraño, su marido, le provocara espasmos de inquietud. La mano que la sujetaba estaba demasiado caliente y él demasiado cerca.

El obispo pronunció las tradicionales palabras sagradas y ella tuvo la sensación de que todo iba demasiado deprisa. La sensación de estar a un tiempo presente y lejos y, en cualquier caso, fuera de control. Sentía las fuertes manos de Luc sobre las suyas mientras deslizaba el anillo de platino en su dedo. El tamaño y fuerza de esa mano le maravilló en contraste con el frío metal de la alianza que ella le puso. Oyó de nuevo su voz al repetir los votos, en aquella ocasión una voz fuerte y decidida que le provocó una extraña sensación en el estómago.

Pero nada le había preparado para el momento en que él retiró el velo, dejándole el rostro expuesto a su penetrante mirada. La boca se le quedó seca. «Miedo», se dijo. Lo sentía hasta en los poros de su piel, rodeándola, reclamándola. Algo en su interior lo deseaba, lo deseaba a él, aunque le sobrecogiera. Aunque fuera un completo extraño.

La catedral desapareció. Sólo estaban ellos dos. Ella, desnuda y vulnerable ante él. Sabía que era inquietantemente atractivo, que las mujeres de varios continentes suspiraban por él y, al verlo de cerca, comprendió el motivo.

Los abundantes y oscuros cabellos acariciaban el cuello de la camisa. El clásico traje gris que llevaba marcaba la envergadura de los hombros y la amplitud del torso. Sus rasgos parecían esculpidos en piedra. Alrededor de los ojos se marcaban unas arrugas, aunque no se imaginaba que fueran por sonreír. Tenía un aspecto duro y hermoso, la clase de hermosura que poseían las montañas, e igualmente inaccesible. Los ojos grises parecían casi negros bajo las espesas cejas. Los labios eran finos y denotaban decisión.

Era su marido.

Era un extraño.

Más aún, era un hombre. Tan intensamente masculino que apenas podía respirar al sentirse observada como si fuera una presa ante un peligroso predador.

Una extraña parte de ella, desconocida hasta entonces, se sintió encantada.

Luc se acercó un poco más, permitiéndole oler la exclusiva colonia y ver el desafío en su mirada. Separó los labios mientras una extraña sensación le recorría el cuerpo, una sensación relacionada con el acelerado latido del corazón, con la inquietante pesadez que se apoderaba de sus piernas.

Una de las enormes manos se ahuecó sobre su mejilla, sujetándola. Gabrielle no se atrevió a moverse. Apenas respiraba y encajó las rodillas, temerosa de que fuera a caerse.

El calor que emanaba de esa mano era impresionante y prendió un incendio que se extendió por todo el cuerpo, confundiéndola a la vez que algo cálido y dulce se formaba en su interior. El estómago se le agarrotó y respiraba entrecortadamente.

Luc no desvió la mirada. Inclinó el rostro hacia ella y se acercó un poco más antes de posar sus duros labios sobre los de ella.

No fue un beso. Fue un acto de posesión. La dura y ardiente marca de su propiedad.

Luc se separó sin dejar de mirarla antes de volverse hacia el obispo, como si hubiera dejado de interesarle desde el instante en que la había reclamado como suya.

Gabrielle tuvo ganas de gritar.

Era igual que su padre. Podía e iba a dictar cada uno de sus pasos. Esperaría de ella que engendrara herederos. Le exigiría desnudarse ante él, un hombre que ya le hacía sentirse desnuda a pesar de vestir varias capas de tela bordadas y pedrería.

No podía hacerlo. ¿Por qué había accedido? ¿Por qué no se había negado como hubiera hecho cualquier mujer en su sano juicio?

Luc le hizo girarse hacia los invitados e iniciaron el paseo hacia la puerta de la catedral.

Eran marido y mujer. Estaba casada y la cabeza le daba vueltas.

Sentía el poder y la fuerza de su cuerpo junto a ella.

Cada órgano, cada sentido, se alzó en rebelión haciendo que le temblaran las rodillas y los ojos se le llenaran de lágrimas.

Aquello era una terrible equivocación.

¿Cómo había podido permitir que sucediera?

Capítulo 2

SU NOVIA le tenía miedo.

—Te pongo nerviosa —susurró Luc mientras recibían las felicitaciones de los invitados.

—Pues claro que no —ella le dedicó una mirada precavida antes de saludar a su primo, el barón de algo. Gabrielle sonreía, saludaba, presentaba. Era la acompañante perfecta.

Luc no esperaba menos de una princesa famosa por sus perfectos modales. Algo poco habitual entre los aristócratas, carne de portadas como lo habían sido sus padres que habían aireado sus dramas personales por todo el mundo.

—Felicidades —el primo de Gabrielle le estrechó la mano a Luc.

Luc lo contempló con un desagrado que no se molestó en ocultar. Se había jurado no vivir una vida tan inútil y vacía. Había jurado que no se casaría hasta encontrar una mujer tan discreta como él, delicada, decente y serena.

—Gracias —le contestó al barón que huyó casi de inmediato ante la expresión adusta.

Luc sintió la tensa mirada de su esposa. A lo mejor era verdad que no le tenía miedo.

La contempló detenidamente. La princesa Gabrielle era una auténtica joya, hermosa como debía serlo una princesa. De sus maravillosos ojos verde azulados se decía que eran del mismo tono que el mar Adriático.

Llevaba la abundante cabellera color miel recogida, resaltando la tiara que lucía. En sus orejas y en su garganta brillaban unas joyas que remarcaban el estilizado cuello. La boca, curvada en una educada, y sospechaba que profesional, sonrisa era suave y carnosa. Era una mujer delicada y elegante. Más aún, era virtuosa. Y era suya.

Sin embargo, en la catedral había percibido en sus ojos un destello de lágrimas. Había visto pánico, confusión. Normalmente le traía sin cuidado que la gente lo temiera o lo respetara, siempre que le obedecieran o se quitaran de su camino. Pero ella era su esposa. Aunque pensaba que su reacción había estado más relacionada con los nervios que con el miedo, se sintió impulsado a tranquilizarla.

—Vamos —le dijo cuando el último de los invitados les hubo felicitado.

Sin esperar respuesta, la tomó del brazo y la condujo hasta la terraza que rodeaba el *palazzo* y que ofrecía una impresionante vista desde las colinas de Miravakia hasta la escarpada costa.

—El banquete... —protestó ella con voz cantarina y encantadora.

No lo miró a la cara, sino a su propio brazo, al lugar preciso en que él le rodeaba el codo con una mano.

Luc percibió su reacción ante el contacto, y el ligero temblor que experimentó.

—Creo que nos esperarán —sonrió.

La brisa del mar les envolvía y por toda la isla se oía el tañer de las campanas con el que se celebraba el enlace. Su futuro, el futuro por el que Luc tanto había trabajado.

Sin embargo su novia, su esposa, seguía sin mirarlo a la cara.

—Debes mirarme —ordenó Luc en tono amable, aunque firme.

Tras unos interminables segundos, ella obedeció y Luc sintió una punzada de deseo. Quería inclinarse para lamer esos deliciosos labios que ella se mordía. Sin embargo se lo iba a tomar con calma. Debía permitirle acostumbrarse a él.

–¿Lo ves? –él sonrió–. ¿A que no ha sido tan malo?

–Estoy casada con un perfecto desconocido –ella desvió la mirada.

–Hoy seré un perfecto desconocido –asintió Luc–, pero mañana ya no. No te preocupes. Comprendo que la transición pueda resultar... difícil.

–Difícil –repitió ella–. Supongo que es la palabra que lo define.

–Te doy miedo –no fue una pregunta.

Luc le tomó la barbilla en una mano y le obligó a volver el rostro hacia él. Bastante más baja que su metro ochenta y dos, tuvo que inclinar la cabeza hacia atrás para poder mirarlo a los ojos.

El deseo lo inundó, fuerte y ardiente. Esa mujer era suya. Suya. Al fin.

–No te conozco lo suficiente como para tenerte miedo –contestó ella en apenas un susurro.

Era evidente que el contacto le inquietaba, pero Luc no podía soltarla. El mero roce con su piel le provocaba una sensación de fuego en las venas. Le acarició el rostro y deslizó un pulgar por los carnosos labios.

–No te conozco –Gabrielle dio un respingo mientras se sonrojaba.

–Tú, en cambio, eres bien conocida. Famosa por cumplir siempre con su deber, ¿verdad?

–Yo... procuro respetar los deseos de mi padre, sí –contestó ella.

–Yo siempre mantengo mis promesas. De momento no necesitas saber más de mí.

Gabrielle dio un paso atrás y él la soltó mientras la contemplaba fascinado. Estaba seguro de que ella sentía el mismo fuego, el mismo deseo, que él.

El banquete nupcial resultó un infierno.

Gabrielle sentía arder su piel. Le hubiera gustado poder arrancársela a tiras. No podía quedarse quieta sentada a la mesa de honor del gran salón de baile.

Se removió desesperada por poner más distancia entre su cuerpo y el de su esposo a pesar de que todos los miraban. Tampoco parecía poder escapar a la penetrante e inquietante mirada de Luc que se limitaba a observarla con gesto de diversión.

–¿Por qué decidiste casarte? –preguntó, deseosa de distraerse de la agitación que sentía.

–¿Disculpa? –se sorprendió él.

Gabrielle estaba segura de que le había oído. Imposible no hacerlo. Cada vez que ella se movía, él se apresuraba a rellenar el hueco creado. Su brazo, el musculoso muslo, los hombros, la rozaban y de vez en cuando ejercía una ligera presión sobre ella. La estaba acorralando, dificultándole la respiración. Empezaba a marearse.

–¿Por qué ahora? –insistió decidida a romper el silencioso hechizo que la aterrorizaba.

Jamás había sido dada a las fantasías, pero aquello empezaba a sacarle de sus casillas. Haberse casado con un perfecto desconocido, como en la época medieval, no era normal. Cualquiera estaría fuera de sí.

«Casada». La palabra resonaba en su cabeza, cada vez más parecida a una condena.

–Te estaba esperando –contestó él muy seguro–. La princesa perfecta. Nadie más serviría.

–Por supuesto –Gabrielle lo miró fugazmente antes

de desviar la mirada–. Y sin embargo nunca me habías visto hasta hoy –añadió casi sin respiración.

–No había ninguna necesidad.

–Claro –asintió ella en el tono más educado y frío que fue capaz de producir–. ¿Para qué conocer a la novia? Qué ideas tan modernas tengo.

Sintió sobre ella la fuerza de la mirada gris y se atrevió a mirarlo a los ojos. El contacto la quemaba y tuvo que recordarse a sí misma que debía respirar, pestañear, controlarse.

–Soy un hombre anticuado –él enarcó una ceja–. Cuando me decido, no me hace falta más.

Hizo una mueca que podría haber pasado por una leve sonrisa, pero su expresión era tan hostil y sus ojos tan grises que ella se estremeció.

–Entiendo. Decidiste que era hora de casarte, y yo cumplía los requisitos –insistió.

Como si fuera un caballo, o un perro, pero con un linaje relevante para la causa. Sentía de nuevo el ataque de histeria que se avecinaba e intentó atajarlo con un poco de champán.

–¿Había algún requisito que cumplir? ¿Una lista de virtudes? –preguntó con voz aguda.

¿Acaso le sorprendía? Los hombres como su marido, como su padre, pensaban que los sentimientos de los demás eran irrelevantes.

–Gabrielle...

El inesperado sonido de su nombre en boca de Luc le sobresaltó. No tenía más que pronunciar su nombre para que ella estuviera de inmediato a su disposición, como el buen perro de raza que él la creía ser.

–Disculpa –dijo ella secamente mientras dejaba la copa en la mesa junto al plato aún repleto de comida–. Creo que las emociones de hoy se me están subiendo a la cabeza.

–Deberías comer algo –sugirió él mientras señalaba el plato–. Debes conservar las fuerzas.

No podía haber insinuado lo que ella creía, ¿no? ¿No esperaría que...?

–Pareces a punto de echarte a llorar –le susurró él al oído mientras impregnaba el delicado vestido de novia con su calor–. Los invitados van a pensar que te estás arrepintiendo.

El tono sardónico fue inconfundible y Gabrielle se obligó a sonreír de cara a la galería.

–¡Que Dios no lo quiera! –exclamó, sin darse cuenta de que había hablado en voz alta.

–Come –sugirió él de nuevo.

El tono autoritario era inconfundible y ella se apresuró a tomar el tenedor. Todo su cuerpo obedecía a ese hombre a pesar de que su mente se rebelaba contra tanta arrogancia.

Probó un bocado de pescado e intentó imaginarse lo que podría ser su vida junto a ese hombre. Intentó imaginarse un martes cualquiera por la tarde. Una inolvidable mañana de sábado. No pudo. Sólo pudo imaginarse los oscuros y ardientes ojos, las grandes y exigentes manos posadas sobre ella. Sólo pudo imaginarse las piernas de ambos entrelazadas y la ardiente y masculina piel deslizándose sobre su cuerpo.

–Si me disculpas... –murmuró mientras le dedicaba su mejor sonrisa–. Enseguida vuelvo.

–Por supuesto –contestó Luc poniéndose en pie al mismo tiempo que ella mientras llamaba a uno de los sirvientes para que la ayudara con el vestido. Era el perfecto caballero, el marido perfecto.

De no haber percibido el significativo destello en su mirada, se lo habría creído ella misma.

Capítulo 3

LUC APENAS prestó atención al discurso del rey Josef.

–Hoy, Miravakia da la bienvenida a su futuro rey –decía su suegro con voz aguda–. Aunque ojalá esto suceda en un futuro muy lejano.

En aquellos momentos, a Luc le interesaba más la novia que los chistes malos sobre la sucesión, aunque los invitados prorrumpieron en carcajadas, como era su deber.

Gabrielle, sin embargo, no se unió a las risas de los demás. Tenía las suaves mejillas encendidas y, desde su vuelta de los aseos, se mantenía muy rígida y lo más apartada de él posible. Los tímidos intentos de alejarse de él le divertían y constituían un desafío.

–¿Y tú qué? –susurró, retomando la conversación interrumpida. ¿Acaso se había creído que lo había engañado?

Ella lo miró con desconfianza. Bajo la tenue iluminación de la sala, sus ojos parecían más azules que verdes. Su cuerpo entero vibraba de tensión, y a lo mejor también excitación, aunque Luc pensaba que era demasiado inocente para darse cuenta ella misma.

–¿Yo? –repitió ella.

–¿Por qué decidiste casarte? –preguntó él y, una vez más sintió el deseo de tranquilizarla.

–¿Decidir? –ella sonrió con amargura, sin el brillo de las sonrisas que había desplegado durante todo el día–. Mi padre esperaba que cumpliera con mi deber. Y eso he hecho.

–Tienes veinticinco años –él la miró fijamente–. A tu edad, otras chicas comparten piso con los amigos de la universidad. Prefieren divertirse a casarse por cumplir con su deber.

–Yo no soy como las otras chicas.

Aparte del ligero latido del pulso que se adivinaba en el cuello y de los dedos fuertemente entrelazados sobre su regazo, no mostraba ningún otro signo de agitación.

–Mi madre murió siendo yo muy joven y fui criada para servir a mi padre –explicó ella en un susurro–. Algún día seré reina. Tengo responsabilidades.

Gabrielle hablaba sin desviar la mirada de su padre que había finalizado su discurso sin haber hecho ninguna mención especial a su hija. A pesar de sus intentos por ocultarlo, era evidente que la princesa se sentía disgustada.

Luc detestaba las emociones. Odiaba que la gente les echara la culpa de sus pecados, como si no existieran la voluntad y la mente.

Pero Gabrielle no iba a permitir que esas emociones la gobernaran. No se las echó en cara a quienes la rodeaban. No provocó ninguna escena. Se limitó a quedarse sentada y sonreír, comportándose como la reina que algún día sería. Su reina.

Esa sensibilidad era una de las razones por las que la había elegido. Su caridad y empatía no podrían existir sin ella. Quizás la emoción fuera el precio a pagar.

–Está muy orgulloso –le susurró al oído mientras señalaba al rey–. Eres la joya de su reino.

Gabrielle se volvió hacia él y sus miradas se fundieron. Ya no había rastro de lágrimas.

–Algunas joyas son apreciadas por su valor sentimental –susurró con voz musical, aunque sin ocultar un ligero temblor–, y otras por su valor económico.

–Eres muy valiosa –apreció él en lo que creyó ser el final de la conversación. ¿Acaso las mujeres no apreciaban que les dijeran esas cosas? Nunca se había molestado en halagarlas, pero Gabrielle se lo merecía.

–¿Quién puede decir qué cosas valora mi padre? –ella se encogió de hombros–. Yo sería la última en saberlo.

–Pero yo sí lo sé –contestó él.

–Claro –ella lo miró con gesto serio–. Soy valiosa, una joya sin precio –desvió la mirada–, y aun así se han firmado contratos, se ha acordado un precio y aquí estamos.

Luc frunció el ceño ante el ligero tono de amargura en sus palabras. No debería haberle animado a desahogarse. Eso era lo que pasaba cuando se permitía dar rienda suelta a las emociones. ¿Tan estúpida era? ¿Cómo había pensado que se desarrollaría el cortejo de una princesa, primera en la línea de sucesión de su país?

–Dime, Alteza Real –él se acercó disfrutando al ver cómo Gabrielle abría los ojos desmesuradamente–. ¿Qué esperabas? Tú misma has dicho que no eres como las otras chicas. ¿Esperabas encontrar a tu rey por Internet? ¿Cómo pensaste que funcionaría?

–Yo... –ella se puso aún más rígida–. Por supuesto no...

–Quizás pensaste que podrías tomarte un año sabático –continuó él en el mismo tono implacable–. Unas vacaciones de tu real ser, tal y como han hecho muchos de tus colegas aristócratas para deleite de la prensa rosa. Quizás pensaste que podrías viajar por el mundo con tus despilfarradores amigos. Tomar drogas en algún sucio club berlinés. Practicar el sexo de incógnito sobre una playa argentina. ¿Así pensabas servir a tu país?

El rostro de Gabrielle estaba sumamente pálido. Y sin embargo no se vino abajo y nadie que no estuviera pegado a ella advertiría el menor cambio en su expresión.

—Jamás he hecho nada de eso —contestó con voz tensa y contenida—. ¡Siempre he antepuesto los intereses de Miravakia!

—Pues no me hables de contratos y precios como si fueras una víctima —le ordenó él bruscamente—. Nos insultas a ambos.

Ella lo miró a los ojos y Luc pudo ver que estaba a punto de desmoronarse. Lo intrigaba tanto como lo irritaba, pero no lo iba a permitir. No habría ninguna rebelión, ni amargura, ni intrigas en su matrimonio. Sólo su propia voluntad y la sumisión de su esposa.

La orquesta empezó a tocar recordándole dónde se encontraba. «No es sólo una adquisición comercial», se dijo, sorprendido una vez más por el deseo de protegerla. «No es un hotel ni una empresa».

Era su esposa. Y podía permitirle más libertad de lo que permitía a los demás elementos bajo su control. Al menos ese día.

—Ya basta —ordenó mientras se ponía en pie y le tendía una mano a la vez que le sonreía—. Creo que ha llegado el momento de bailar con mi esposa.

Su sonrisa era devastadora.

Gabrielle reprimió la reacción que le provocaba, temerosa ante la posibilidad de empezar a gritar, o llorar o una lamentable mezcla de ambas cosas. Cualquier cosa para liberar la presión, inquietante e intensa, que se acumulaba en su interior. Esa sonrisa...

Había cambiado a Luc. Había ablandado la roca, iluminado sus rasgos, llenándolos de magia. De repente se dio cuenta de que era un hombre peligrosamente atractivo.

Peligroso, sobre todo, para ella.

Pues ante él se sentía vulnerable. Le tomó la mano extendida sin hablar, sin pensar. Sumisa, obediente. A pesar de que, durante horas, había intentado no tocarlo. ¿Estaba perdiendo la razón?

No se atrevía a desobedecerle. ¿Alguien lo habría hecho y vivido para contarlo?

Esa sonrisa le había convertido durante unos instantes en un ser hermoso, pero su mano la sujetaba con firmeza, sin tolerar discusiones, sin permitirle ninguna concesión. Los rostros de los invitados se convirtieron en borrosas manchas y ella se preguntó, aterrorizada, qué pasaría si intentara zafarse y marcharse tal y como deseaba hacer. ¿La arrastraría con él? Pero allí, sobre la pista de baile y en público, no era el momento de comprobar su teoría.

Luc no era un playboy, como los escasos pretendientes que su padre había considerado para ella desde que cumpliera la mayoría de edad. Ese hombre no flirteaba ni coqueteaba. No decía palabras bonitas. Lo que deseaba, simplemente lo tomaba.

Mientras era conducida al centro del salón de baile, el pesado vestido de Gabrielle le hacía sentir como si vadeara un lago de miel. Luc la atrajo hacia sí y la atrapó con fuerza.

Ya había sido bastante difícil sentarse a su lado durante el banquete. Pero aquello era una pura agonía.

En sus brazos no había ningún lugar en el que ocultarse. Cara a cara con él se sentía expuesta, vulnerable. Atrapada. Sentía una gran opresión en el pecho y le llevó unos angustiosos segundos asimilar el hecho de que no se estaba mareando. Era Luc quien, con habilidad y elegancia, impulsaba el movimiento alrededor del salón de baile sin dejar de mirarla fijamente con los autoritarios ojos grises que parecían ver en su interior.

–Siempre me he preguntado de qué hablarán las parejas mientras bailan en sus bodas –balbuceó, desesperada por relajar la evidente tensión entre ellos–. Pero supongo que nosotros no somos como la mayoría de las parejas.

–Una vez más olvidas quién eres –contestó él con desdén–. Estás rodeada de un grupo de aristócratas, algunos de rancio abolengo con reinos a su disposición. ¿Te piensas que todos están apasionadamente enamorados de sus cónyuges?

Enervante, pomposo, grosero. ¿Cómo se atrevía a hablarle así? ¿Cómo podía ser su esposo?

–Nunca había pensado en ello –contestó ella secamente–. Apenas he tenido tiempo de acostumbrarme a mi matrimonio, cuanto menos de criticar los de los demás.

La expresión de Luc no cambió, aunque durante una fracción de segundo la abrazó con más fuerza, lo suficiente para que ella se quedara sin aliento, pero no lo bastante como para que dejara de bailar.

–¿Has estado casado alguna vez? –preguntó con la esperanza de espantarlo de su lado.

–Jamás –arqueó él las cejas con gesto regio e inaccesible.

–Pero sí debes de haber mantenido relaciones prolongadas –Gabrielle tragó con dificultad. Hablaba por hablar–. Tienes cuarenta años, ¿no?

–¿Se trata de una cita a ciegas, Gabrielle? –susurró él–. ¿Acaso planeas analizar mi personalidad a través de unas cuantas preguntas absurdas?

–Intento llegar a conocerte –ella alzó la barbilla desafiante–. Dadas las circunstancias me parecía razonable. ¿De qué otra cosa podríamos hablar? ¿Del tiempo?

–Tienes el resto de tu vida para conocerme –él se encogió de hombros despectivamente–. ¿O acaso crees que saber cómo me gusta el café te hará conocerme mejor? ¿Te sentirías más cómoda? El resultado final será el mismo. Soy tu esposo.

Era odioso. Y su tono despectivo hacía que Gabrielle perdiera esos nervios que había dedicado una vida a controlar.

–Tengo la impresión de que eres tú el que tiene miedo –declaró furiosa–. ¿Por qué si no ibas a reaccionar tan violentamente ante una sencilla pregunta?

Esperaba que él contestara airado en un intento de acobardarla. Sin embargo, echó la cabeza hacia atrás y soltó una carcajada. No fue prolongada ni sonora, pero sí sincera. Los ojos grises parecieron, por un instante, de plata y unas arruguitas asomaron a su alrededor. De nuevo se mostraba mágico e irresistible.

De repente tuvo la sensación de estar caminando sobre el borde de un precipicio. El suelo temblaba bajo sus pies. La tensión que volvía a acumularse en su interior le aterrorizaba. Su piel era demasiado sensible. Ese hombre llenaba todos sus sentidos. Y cuando volvió a mirarla, con expresión serena, sintió algo moverse en su interior. Una sensación irrevocable. O quizás una locura.

«Nervios», pensó en un desesperado intento de mantener la calma. «Sólo son nervios, y demasiado champán para un estómago vacío».

Capítulo 4

Sola, al fin, en la lujosa estancia que le servía de vestidor, Gabrielle se contempló en el espejo sintiéndose ridícula. No era posible ser tan intenso o apabullante como aparentaba Luc Garnier. Seguramente se había dejado llevar por la imaginación. Además, el ajustado corsé del vestido era, sin duda, el responsable de sus dificultades para respirar y de su sensación de mareo. Él no era capaz de gobernar su voluntad como un encantador de serpientes. Su traje, simplemente, era muy incómodo.

Más o menos convencida, empezaba a quitarse los pendientes de perlas y diamantes cuando la puerta se abrió a sus espaldas.

Gabrielle se quedó helada.

La catedral y el salón de baile eran muy amplios y en comparación, el vestidor resultaba diminuto. Y Luc parecía llenarlo entero, consumiendo todo el oxígeno.

Incapaz de moverse, lo contempló en el espejo y sus miradas se fundieron.

—Yo... —no sabía qué decir, pero era consciente de estar suplicando.

Dejó los pendientes sobre el tocador y se volvió hacia él.

—No puedo...

No podía decirlo.

El sexo pareció invadir la habitación como una espesa niebla. Estaba en los ardientes y duros ojos, en el modo en que la miraba, como si le perteneciera en cuerpo y alma. Estaba en las incesantes imágenes que llenaban su cabeza. Todas indecentes e inquietantes.

—¿Supongo que no...?

Estaba a punto de romper a llorar cuando él se aproximó lentamente y no pudo hacer otra cosa que mirarlo boquiabierta. Supo que él la deseaba, y que no podría hacer nada al respecto.

—¿Qué haces? —le preguntó en apenas un susurro.

Había dicho que era un hombre anticuado, pero ¿hasta qué punto? No esperaría que ella se acostara con un hombre al que acababa de conocer, ¿no?

Luc no dijo nada. Se limitó a mirarla fijamente antes de agarrarla por la cintura y levantarla en vilo.

Era un hombre increíble, terroríficamente fuerte. El mundo de Gabrielle empezó a girar, pero ya no estaban en el salón de baile rodeados de testigos. Estaban solos y él la sujetaba tan cerca que los pechos empezaron a dolerle, aplastados contra el fuerte torso. De sus labios escapó un gemido, aunque no estuvo claro si de queja o de terror.

—No pretendo ejercer mis derechos conyugales esta noche, si es eso lo que temes —le susurró él acariciándole el rostro con su aliento.

—Yo... Gracias —contestó ella amablemente antes de enfadarse consigo misma. ¡Ni que fuera decisión suya! Era como si ella no existiera.

—Primero nos conoceremos —continuó Luc con la boca muy pegada a sus labios.

Esa boca era a la vez tentadora y aterradora. Gabrielle recordó la sensación de sus labios en la catedral. Brutal. Territorial. Le temblaban las rodillas y su centro íntimo se fundía.

–Pero habría que celebrar la noche de bodas, ¿no? –preguntó él.

–Yo no...

En realidad no había sido una pregunta.

Los labios de Luc cubrieron los suyos, tan inflexibles y duros como ella los recordaba. Pero en esa ocasión él se permitió saborearlos ligeramente antes de deslizar su boca por el delicado y femenino rostro, como si lo dibujara. La boca era ardiente y Gabrielle se descubrió espantada abriendo la suya. Se sentía febril. Fuera de sí.

Algo en su interior se excitaba ante la perspectiva, aunque el resto de ella retrocediera ante el descarado despliegue de posesividad.

Y, de repente, él la apartó de su lado con una expresión de triunfo en el rostro.

–Me perteneces –exclamó mientras, en contraste con la dureza de sus palabras, le apartaba delicadamente un mechón de cabellos del rostro–. Ponte ropa para viajar y reúnete conmigo abajo, Gabrielle. Esta noche nos alojaremos al otro lado de la isla... esposa.

Largo rato después de que él se hubiera marchado, ella aún seguía helada. El aire volvió a la habitación y, lentamente, el corazón recuperó su ritmo normal.

Pero de su interior surgió una determinación, firme como el acero.

El pánico había desaparecido y una aterradora certeza se había hecho patente. No era sólo que Luc Garnier fuera igual que su padre. Ni siquiera que impusiera siempre su voluntad. El problema era su propia y detestable debilidad.

Una debilidad que le había llevado hasta allí. Estaba casada con un hombre que la aterrorizaba, y ella misma había caminado por su propio pie hasta el cadalso. Su padre no había tenido que obligarla, simplemente le había anunciado sus intenciones y ella había accedido, como siempre, porque pensaba que, de algún modo, conseguiría impresionarle. Pero lo que había conseguido era que tuviera aún menos en cuenta sus sentimientos.

Gabrielle suspiró consciente de que acceder a los deseos de Luc Garnier sería mucho más perjudicial. Jamás saldría indemne. Se volvería loca.

Pensó en la feroz mirada, en la expresión resuelta, y tuvo la sensación de haber perdido ya la cabeza.

Jamás había reclamado sus derechos. Había permitido que su padre le organizara la vida. Y su esposo iba a hacer lo mismo. Peor. Le exigiría aún más. De repente, vio su vida desplegada ante ella: una sucesión de decisiones tomadas por su marido, hasta desaparecer, absorbida por él. Un hombre como Luc Garnier no aceptaría nada menos que su completa rendición.

Respiró hondo y miró a su alrededor como si fuera la primera vez que pisara aquella estancia. Y por primera vez se dio cuenta de que era su celda.

Y de que había llegado la hora de escapar.

El cuerpo de Luc le gritaba que volviera al vestidor y terminara lo que había empezado.

Estaba excitado, preparado. Su sangre bombeaba con fuerza y casi lo había matado tener que apartar las manos de su suave piel.

Se detuvo en el largo pasillo. Deseaba enterrarse en su cuerpo, en su esposa, y hacer que ambos se volvieran locos de placer. Una y otra vez, hasta acabar agotados. Era algo que no había previsto a pesar de estar seguro de haber cubierto todos los flancos.

No era fácil sorprenderlo. Había previsto el deseo, ya que era una mujer hermosa y a él le gustaban las bellezas clásicas. ¿A quién no? Pero la necesidad que lo consumía y lo impulsaba a volver a aquel vestidor y reclamar lo que era suyo, era totalmente inesperada.

Quizás no fuera más que un beneficio añadido, la confirmación de haber hecho la elección correcta. El que conociera a muy pocos hombres de su posición que desearan a sus esposas no significaba nada. ¿Desde cuándo se parecía él a los demás hombres?

Sin embargo se obligó a alejarse de la puerta, a dejarla en paz. Al menos aquella noche.

Tenían toda una vida por delante para explorar esa química explosiva. Bien podía permitirle una noche para acostumbrarse a la idea.

Sus labios se curvaron ante esa manifestación de benevolencia. Era una sensación nueva, y no demasiado agradable. No era hombre que controlara sus apetitos.

Sólo sería aquella noche.

Por la mañana retomaría la educación de su esposa. La tocaría hasta que ella lo aceptara, hasta que le suplicara más.

Había resultado muy fácil, se maravilló Gabrielle casi una semana después mientras contemplaba las luces que se reflejaban en el mar ante ella. Los Ángeles resplandecía a sus pies, seductora e inmensa desde la cima de Hollywood Hills.

Apenas podía creerse lo fácil que había sido y se preguntó por qué había tardado tanto en hacer algo simplemente porque le apeteciera, sin preocuparse por los sentimientos, las opiniones o los deseos de los demás.

Había abandonado el *palazzo* tras cambiarse apresu-

radamente de ropa y conducido hasta el muelle para tomar el ferry que le había dejado en Italia por la mañana.
En Roma había reservado una habitación para pasar la
noche en un hotel y llamado a una antigua amiga de
la universidad. Cassandra no había dudado un segundo.
Se había disculpado por no estar en California para re-
cibirla, pero le había ofrecido su casa. Así pues, Gabrielle había subido a un avión a la mañana siguiente y tras
una breve escala en Londres, había aterrizado en Los
Ángeles a primera hora de la tarde.

Nada mal para una obediente y sumisa princesa que
jamás había levantado un dedo.

Aquella noche, se encontraba en la terraza de Cassandra disfrutando de una copa de vino blanco. Adoraba
California, al menos lo poco que había visto. Adoraba los
aromas de eucalipto y romero que desprendían sus colinas. Adoraba los aullidos de los coyotes durante la noche y el cálido sol durante el día. Adoraba las casas de
tejados rojos que le recordaban su hogar, y los toques
mediterráneos que salpicaban el paisaje.

Se sentía rebelde. Se había servido del armario de su
amiga y vestía unos vaqueros con una blusa de seda
azul. Sus pies descalzos se encogían bajo el cálido sol
disfrutando de la sensación de libertad. Lo normal era
que la patológicamente perfecta princesa llevara dise-
ños de Chanel en colores pastel y los cabellos recogidos
en un moño y no sueltos sobre los hombros.

Nunca llevaba vaqueros. Su padre los encontraba
«vulgares», y por respeto a él no se los había puesto
desde sus años de universidad. Pero aquella noche había
decidido que le encantaban. Le hacían sentirse inmoral
y desobediente, las dos cosas que más ansiaba ser.

¿Cómo había permitido que ocurriera? ¿Cómo había
consentido que su vida se le escapara de las manos?

¿Cómo había podido entregársela a otra persona? Los hechos hablaban por sí mismos. Había entregado su vida, primero a su padre y luego a su recién estrenado, aterrador y desconocido marido.

Oyó el timbre de la puerta y sonrió. Debía de ser la asistenta, la eficaz y servicial Uma que había prometido volver con víveres.

Descalza, se apresuró a abrir.

–Eres mi salvación... –empezó a decir.

Sin embargo no era Uma.

Era Luc.

Capítulo 5

LUC. SU MARIDO.

Gabrielle sintió que entraba en combustión, y la boca se le secó.

De haber podido moverse, habría emprendido la huida aunque estuviera descalza.

Sin embargo, se sentía paralizada ante la rabia de la oscura mirada, la rigidez de los musculosos hombros, la fuerza que emanaba del fuerte cuerpo. El hecho de que vistiera pantalones oscuros y un jersey de algodón no le daba un aspecto menos imponente.

No le cupo duda de que el Luc Garnier que había conocido el día de su boda había sido delicado y dulce comparado con el que tenía ante ella.

«Deberías haber seguido huyendo», insistió una vocecilla en su cabeza. «No deberías haberte parado nunca».

–Hola, Gabrielle –saludó él con voz grave y en tono burlón, provocándole un escalofrío–. Me parece que con las prisas por marcharte se te olvidó algo.

–¿Se me... olvidó algo? –balbuceó Gabrielle.

–A tu marido –la boca de Luc dibujó una mueca que no llegó a ser sonrisa.

Y sin más entró en la casa, ignorando la copa de vino que había caído al suelo y pisoteando los cristales rotos y el charco formado. Todo ello sin dejar de mirarla.

* * *

¿Cómo se atrevía a mirarlo de esa forma? Después de haberlo humillado y huido de él. Después de las libertades que le había concedido... un error que no volvería a cometer.

¿Cómo había podido equivocarse tanto? ¿Cómo había podido malinterpretar su carácter de ese modo? Si hubiera sido producto del error de alguno de sus subordinados, lo habría despedido y destrozado. A lo mejor sólo había visto lo que había querido ver. ¿Acaso había sucumbido a sus encantos como cualquier otro hombre?

Luc contuvo la oleada de ira que amenazaba con desbordarse. Debía controlarse. No se rebajaría a su nivel por difícil que le resultara.

La miró de arriba abajo. Su desobediente princesa. Nada perfecta. Una mentira. Una mentira que se había convertido en su esposa.

En aquellos momentos no se parecía a la obediente y sumisa princesa Gabrielle que tan cuidadosamente había elegido. Era como si esa mujer no hubiera existido. La espesa mata de cabello color miel fluía suelta, libre y salvaje. Y desprendía un aroma dulce y fresco, como el del jazmín que ascendía por las colinas.

Iba descalza. Los ajustados vaqueros se ceñían a las caderas y las largas y torneadas piernas. Luc se imaginó esas piernas alrededor de su cuello y tuvo una erección.

No quería desearla. Le había tomado por idiota. Había planeado traicionarlo, a él que se enorgullecía de ser inmune a la traición. No debería haberse dejado engañar por la mentira en sus ojos, por sus labios temblorosos. Su proclamada inocencia. Más aún, debería haber reclamado de inmediato lo suyo, sin tener en cuenta sus sentimientos.

—¿Qué haces aquí? —Gabrielle rompió el tenso silencio y lo miró con ojos desorbitados.

Él se acercó y ella se apartó, caminando de espaldas hacia el salón, manteniendo siempre una distancia de dos pasos entre ellos, y se colocó detrás del sofá, como si el mueble pudiera brindarle alguna protección. Como si necesitara una barrera.

En otras circunstancias, a Luc le habría resultado divertido. Pero no podía olvidar que no sólo lo había abandonado, había elegido el momento preciso para provocar mayores chismorreos y especulación. Debería odiarla por ello. Se paró en medio del salón y cruzó los brazos sobre el pecho para evitar hacer nada que pudiera lamentar después.

–¿Me preguntas qué hago aquí? –sonrió sin rastro de humor–. No podía consentir que mi novia pasara sola nuestra luna de miel, ¿verdad?

–¿Luna de miel? –ella sacudió la cabeza–. No comprendo.

–¿Qué pensaste que iba a decirles, Gabrielle? –preguntó Luc con dulzura–. ¿Acaso reflexionaste siquiera? ¿En qué pensabas al abandonarme en medio del banquete nupcial?

–Lo siento –balbuceó ella.

Entrelazó las manos con fuerza, ignorando quizás que el movimiento hacía que sus pechos se proyectaran hacia delante, atrayendo sobre ellos la mirada de Luc.

Había mordido el anzuelo. Él que jamás perdía el control sobre una mujer y que había tomado todas las precauciones necesarias para evitar la situación que vivía en esos momentos. Se la había jugado. Dio otro paso hacia ella.

–¿Lo siento? –repitió él en tono suave–. ¿Eso es lo único que tienes que decirme?

–Yo... yo... –balbuceó con voz musical y suplicante–. No puedo hacerlo. ¿No lo ves?

Él no lo veía. La mezcla de sexo, ira, amargura y posesión que lo quemaba cuando pensaba en ella se había convertido en un incendio al encontrarse en la misma habitación.

–¿Por qué no me lo explicas? –él se acercó a la chimenea–. Porque lo que yo veo es a mi esposa. La mujer con la que me casé en una catedral. Explícame qué ves tú que yo no vea.

–¡No te conozco! –la frustración hizo que le temblara la voz y las mejillas se tiñeran de rojo–. Tú... yo te conocí en el altar.

–¿Y? –insistió él–. ¿Por eso huiste a la otra punta del mundo escapando de mí?

–¿Estás loco? –ella rió–. No estamos en la Edad Media. La gente normal se conoce antes de casarse.

–Pero tú y yo no somos gente normal –contestó Luc con cierto tono de impaciencia mientras reducía la distancia entre ellos.

¿No lo habían hablado ya? ¿De verdad era tan ingenua? Después de la última semana, lo dudaba. Veía en sus ojos el deseo de salir corriendo mientras él se aproximaba.

–Eres la princesa heredera de Miravakia.

–Todo esto es culpa mía –Gabrielle extendió las manos para mantenerlo alejado.

–Eso no voy a discutírtelo –espetó él.

–Debería haberme negado antes –continuó ella–. Desde la boda no he dejado de preguntarme cómo pude permitir que las cosas llegaran tan lejos. Mi única excusa es que no estoy acostumbrada a incumplir los deseos de mi padre.

–Claro –exclamó Luc con amargura–. Al principio pensé que te habían secuestrado. Porque nadie podía imaginarse a la obediente y sumisa princesa Gabrielle desapareciendo de una manera tan humillante... a propósito.

–Lo siento muchísimo –ella buscó su mirada–. ¡Debes creerme! No sabía qué hacer.

–Eres mi esposa –Luc habló con frialdad–. Aunque para ti no signifique nada, para mí sí.

–No te imaginas... –el rubor se hizo más intenso.

–Y quiero dejar clara una cosa –él le agarró los brazos obligándola a quedarse inmóvil.

Tenía la piel suave como la seda y sintió el deseo de arrancarle la ropa y explorar su cuerpo. Quería castigarla. Debería haberla tomado en ese vestidor. Jamás debería haber jugado al caballero galante, un papel desconocido para él.

–Por favor... –ella inició una súplica.

–No creo en matrimonios de conveniencia fingidos –continuó con determinación.

–¿Qué? ¿Qué quieres decir? –Gabrielle parpadeó incrédula–. Debe haber...

–Quiero decir lo que he dicho –Luc la atrajo hacia sí aplastándola contra su fuerte torso–. Pronunciaste unos votos. Y espero que los honres. ¿He sido lo bastante claro?

–Pero... pero... –ella sacudió la cabeza.

Luc estaba demasiado cerca, sus manos le quemaban la piel y apenas podía respirar.

–¡No puedes haberlo dicho en serio! Ni siquiera nos conocemos.

–Creo que en esta última semana he llegado a conocerte bastante bien –la dulzura de su voz contrastaba con la dureza de su mirada–. Mientras te perseguía por medio mundo. Soy el ridiculizado y humillado marido al que abandonaste tan desdeñosamente.

–¡No! –ella temblaba y sus ojos reflejaban frustración.

O miedo. Daba igual, él ya no la creía. Ni le importaba.

–Yo nunca... jamás...

–Cuéntame, Gabrielle, ¿cuándo decidiste traicionarme? ¿O acaso ése fue siempre tu plan?

–¡Por supuesto que no! –exclamó ella–. ¿Por qué no puedes entenderlo? Cometí un error.

–En efecto –siseó él–. Lo hiciste.

En ese instante algo estalló en la oscura mirada gris, algo ardiente, salvaje, amargo y letal.

Gabrielle supo lo que iba a suceder un segundo antes de que sucediera. Debió gritar. Debió intentar apartarlo de su lado. Pero no emitió ningún sonido ni se movió.

La despiadada boca descendió sobre la suya y ya no hubo salvación posible.

Los labios de Luc eran duros, e inexplicablemente deliciosos. Gabrielle echó la cabeza hacia atrás mientras todo giraba a su alrededor.

No la sedujo ni la acarició. Tomó. Exigió. Poseyó.

El cuerpo de Gabrielle estalló en llamas como si respondiera al de Luc en su arcaico lenguaje. No lo podía controlar ni comprender. Sentía calor y frío. Luc intensificó el beso, jugueteando con su lengua, con sus labios. Las manos de ella ascendieron por el jersey de algodón hasta apoyarse en el fuerte torso. Él emitió un sonido de aprobación, o de pasión, mientras la agarraba con fuerza de las caderas y la izaba contra su cuerpo.

–¡Devuélveme el beso, maldita sea! –gruñó él despegando sus labios un instante.

Gabrielle lo miró aturdida. Y cuando su boca tomó de nuevo la suya, sintió dolor. Le dolían los pechos oprimidos contra la implacable fuerza del masculino torso. Le dolía el estómago y el pulso latía con fuerza entre sus piernas.

De repente sintió el cristal de la puerta corredera detrás de ella, gélido contra su acalorada piel. No se había dado cuenta de que Luc la había acorralado contra la puerta.

Una vez más él despegó los labios de los suyos. Su rostro tenía una expresión dura, peligrosa y ella no pudo reprimir un escalofrío. Los oscuros ojos la taladraron y tuvo la sensación de que él veía el efecto que le provocaban sus besos, el casi doloroso palpitar de su vientre y del fundido núcleo de su intimidad.

Abrió la boca, quizás para suplicarle que la tomara, que aliviara su agonía, que la dejara ir. Jamás lo sabría.

El timbre de la puerta volvió a sonar.

–¿Esperabas a alguien? –Luc la miró furioso–. ¿Por eso huiste a California, para reunirte con tu amante?

–No –Gabrielle sacudió la cabeza. No entendía sus palabras ni la sospecha que se reflejaba en sus ojos–. Es la asistenta –susurró–, ha venido a traer la compra.

–No habrá más mentiras, Gabrielle. No habrá más traiciones. ¿Lo has entendido?

–Sí –contestó ella, aunque no sabía a qué se refería. Resultaba tan primitivo, tan aterrador. «Eres débil», se reprochó a sí misma. «Y él es tu mayor debilidad».

–Resulta –él habló con dulzura, aunque su cuerpo expresaba dureza– que no te creo. Espera aquí.

Capítulo 6

«BENDITA distracción», pensó Gabrielle mientras se dejaba caer en el sofá.

Desde la cocina llegaba la profunda y autoritaria voz de Luc, y el alegre parloteo de Uma, pero lo que más notaba era su ausencia en el salón.

Podía respirar, tenía espacio. Era como si la estancia se hubiera expandido.

Aún le temblaban los labios y las rodillas, y aún tenía su sabor en la boca. Podía sentir el fuerte cuerpo contra su piel, como si todavía la sujetara. Como si la hubiera marcado.

Era incapaz de acallar el murmullo en su cabeza, el caótico estallido de emociones e impresiones que circulaba por sus venas. Alterada. Asustada. Y peligrosa y absurdamente excitada.

¿Por qué había reaccionado de ese modo? ¿Cómo podía resultarle tan embriagador que ni siquiera su ira le disuadía? A su cuerpo le daba igual que estuviera furioso, que la apabullara, que sus expresiones o palabras fueran de crueldad.

Su cuerpo ansiaba que la tocara. Incluso en esos momentos.

Parpadeó perpleja y contempló su cuerpo como si mirase a una desconocida. Nunca había sido muy dada a pensar en su cuerpo. Sabía que la consideraban hermosa, por supuesto. Su padre había insistido en ello, exigido que cuidara su belleza como cuidaba cualquiera de sus otros deberes reales. Debía ser hermosa, pero nunca llamativa. La suya era una belleza serena, apta para obras benéficas y para su función como anfitriona.

Pero aquella noche se sentía viva. Salvaje e indómita. ¿Cómo lo había hecho Luc? ¿Cómo había conseguido que su propio cuerpo se volviera contra ella sin pedir permiso?

Él no pedía. Gabrielle lo sabía. Jamás pediría aquello que podía tomar. Simplemente lo tomaba, como si estuviera en su derecho.

Respiró hondo ante la miríada de imágenes que se formaban en su mente y, de repente, su mirada lo buscó, como si lo hubiera presentido en el descansillo, mirándola con sus penetrantes ojos grises. Como si ella lo hubiera invocado.

La puerta de la calle se cerró.

Estaban a solas. Otra vez.

Gabrielle sintió que se le secaba la boca. En un intento de serenarse, deslizó las palmas de las manos por los muslos. Se sentía nerviosa ante un deseo que apenas comprendía.

—Qué callada —observó Luc en tono burlón.

Gabrielle no supo si era desafío o temor, pero sintió algo que se revolvía en su interior. Y supo que estaba relacionado con lo que le había impulsado a huir del palacio, a escapar. En aquella ocasión le produjo una oleada de ira que se reflejó en sus mejillas.

—¿Y de qué serviría hablar si no dejas de interrumpirme? —preguntó con franqueza sin dejar de mirarlo fijamente—. Eres bastante grosero, ¿sabes?

El brillo de sus dientes y el sonido de la carcajada que siguió le sobresaltaron. Y en su mandíbula se marcó el hoyuelo que le había fascinado el día de su boda.

No había sido su intención resultar divertida. Pero sintió un agradable calor en su interior que le indicaba que una parte de ella quería complacerle, divertirle.

¿Por qué iba a querer complacer a un hombre que no había hecho otra cosa que asustarla y agobiarla? ¿Qué decía eso de la clase de mujer que era?

Una vez más, maldijo su debilidad.

–Soy grosero, lo admito –asintió Luc salvando la distancia entre ellos con grandes zancadas–. Y despiadado y arrogante. ¿Te sientes mejor diciéndolo en voz alta?

–¿Mejor? –había llegado el turno de Gabrielle de reír–. ¿Y por qué iba a hacerme sentir mejor ser amarrada por un hombre?

–Amarrada –los ojos grises brillaron–. Qué idea tan sugerente.

Estaba parada frente a ella, que tuvo que echar la cabeza hacia atrás para poder mirarlo, para mirar la longitud y la fuerza del espectacular cuerpo, el que poco antes se había aplastado contra ella. Inconscientemente, abrió los labios ante la imagen que acababa de formarse en su cabeza. Los brazos atados y el cuerpo desnudo, abierto y acogedor. Y Luc, poderoso y oscuro sobre ella. Sintió un escalofrío.

–Y por lo que veo, una idea que no te desagrada. ¿Por qué no me sorprende?

–Yo... yo no sé a qué te refieres –era mentira, y él lo sabía.

Luc se inclinó y le tomó una mano, tirando de ella para que se pusiese en pie.

Gabrielle no se resistió. Parecía incapaz de hacer otra cosa que no fuera mirarlo. Pensó en sus manos atadas a los postes de la cama de matrimonio en la que había dormido durante la última semana. Pensó en sus cuerpos entrelazados. Y de nuevo se quedó paralizada.

¿Era temor u otra cosa? Desde el fondo de su mente surgió una palabra: «deseo».

Pensó que iba a volver a besarla cuando la atrajo hacia sí, pero Luc se limitó a deslizar un dedo desde su mejilla hasta el cuello antes de dar un paso atrás.

–Cálzate –le ordenó en tono cortante–. Vamos a salir.

–¿A salir? –ella no reconoció su propia voz.

–A cenar –le explicó con un gesto de desdén, como si la considerara una mema.

–A cenar –repitió ella, furiosa consigo misma cuando el gesto de desdén se intensificó. Normalmente no era tan estúpida y lenta, pero desde que lo había conocido no había sido capaz de hacer otra cosa que darle esa impresión. Debía pensar que su padre le había vendido a la idiota de su hija.

–Supongo que el término «cenar», no te asustará –contestó Luc en tono irónico–. Estoy seguro de que no será la primera vez que cenas.

Cuánto sarcasmo. Qué encantador.

–Pero no contigo –espetó ella–. Y jamás en esta ciudad. Pero, sí, gracias, ya he cenado anteriormente. Qué bueno por tu parte recordármelo –ella también sabía ser sarcástica.

–Qué interesante que huyeras a un lugar del que no sabes nada.

Gabrielle se enfureció al darse cuenta de que él había ignorado su comentario.

–Vine aquí porque mi amiga vive aquí –contestó Gabrielle–. Sabía que aquí estaría segura.

–La seguridad es algo relativo, Gabrielle –murmuró Luc–, y efímero.

Ella se apartó de su lado hasta que sus piernas chocaron con el sofá.

–Por suerte esta ciudad cuenta con unos cuantos restaurantes muy buenos –continuó Luc–. Y varios de ellos sirven perfectamente a mis propósitos.

–Me sorprende que quieras mostrarte en público –espetó ella, envalentonada por la distancia que había puesto entre ellos–. Tendrás que comportarte. Nada de miradas intimidatorias o amenazas delante de testigos.

Se sentía satisfecha de su osadía, tan poco habitual en ella, pero, inexplicablemente, Luc soltó otra carcajada.

–Mírate –dijo él con voz aterciopelada–. Orgullosa por haberme hecho frente. ¿Sabes por qué vamos a salir, Gabrielle?

–Porque tienes hambre, supongo –ella soltó un bufido indicando su indiferencia.

–Porque tu numerito ha conseguido que seamos portada de la prensa en toda Europa –le corrigió Luc sin abandonar el tono aterciopelado.

Gabrielle sintió que se le erizaba el vello de la nuca y comprendió que Luc estaba mucho más enfadado de lo que aparentaba. Y que ella estaba en un serio peligro.

–*A Luc se le acabó su suerte. Una novia princesa a la fuga* –Luc apretó los puños mientras la taladraba con la mirada–. Me has convertido en el hazmerreír de Europa.

–Yo... –ella no sabía qué decir ni por qué sentía la necesidad de consolarlo–. Lo siento. La prensa nunca me había prestado atención. No pensé en ello.

–Evidentemente –él soltó un bufido–. Pues ahora, mi querida novia, no vas a pensar en otra cosa. Sonreirás y coquetearás conmigo, y harás todo lo posible por convencer al mundo de que somos una pareja de enamorados. ¿Lo has entendido?

–No soy ninguna actriz –ella frunció el ceño.

–¿En serio? –las palabras, cortantes, estaban cargadas de incredulidad.

Gabrielle se preguntó qué opinión tendría de ella y, de repente, supo la respuesta.

–No le encuentro ningún sentido –Gabrielle dio otro paso atrás en un intento de hacer desaparecer el inesperado dolor. ¿Por qué iba a importarle lo que él pensara? Sólo demostraba lo poco que se conocían.

–No hace falta que le encuentres el sentido –le aseguró él–. Sólo tienes que ponerte los zapatos, y unos pantalones apropiados. Mis gustos no encajan con vulgares exhibiciones de pies desnudos. Algún día serás reina. Al menos yo no lo he olvidado.

–No podemos fingir que este matrimonio no es una farsa, con los pies desnudos o no –protestó Gabrielle–. ¿Por qué quieres exhibirte delante de las cámaras?

–Escúchame atentamente –le ordenó salvando rápidamente la distancia entre ellos.

Luc tomó el rostro de Gabrielle entre las manos y la obligó a mirarlo.

–Este matrimonio no es una farsa –susurró con los ojos incendiados de ira–. Este matrimonio es real. No acepto el divorcio, ni siquiera para traidoras como tú. No hace falta que nos gustemos, pero has convertido esta relación en un escarnio público y en un ridículo, y no pienso tolerarlo.

–Yo no te he traicionado –los ojos de Gabrielle se llenaron de lágrimas y le costaba respirar.

–Todo en ti es una mentira –Luc escupió las palabras, aunque la sujetaba con delicadeza, sin hacerle daño–. Sobre todo esto –murmuró mientras su boca tomaba la de ella.

Una vez más ella sintió el penetrante placer, fuego

y deseo. Una vez más reaccionó apasionadamente. Gabrielle sintió cómo se endurecían sus pezones y su cuerpo se preparaba para él. Se olvidó de respirar, de pensar mientras los labios de él le exigían, una y otra vez, que le correspondiera.

De repente, con gesto espantado, la apartó de su lado.

Gabrielle se sentía débil, peligrosamente tierna, y se llevó la mano a los labios como si pudiera tocar la marca de su posesión sobre ella.

–Gabrielle –Luc pronunció su nombre como si aborreciera el sonido y sus labios describieron una mueca que no llegaba a ser una sonrisa–. Ponte los zapatos.

Capítulo 7

LUC OBSERVABA atentamente a Gabrielle desde el otro lado de la pequeña mesa del famoso restaurante Ivy, de Beverly Hills, mientras tamborileaba furioso con los dedos contra el blanco mantel. Intentaba controlar su mal genio, pero sentía que amenazaba con estallar.

Gabrielle le había obedecido. Había sonreído ante el grupo de fotógrafos que acampaba a las puertas del famoso restaurante, e incluso había reído, aparentemente encantada, cuando la había besado bajo los flashes.

«Qué calculado», pensó, aunque otra parte de él tuvo que admitir que no hacía más que seguir sus órdenes.

Allí estaba, frente a él, con su misteriosa y serena sonrisa fija en el rostro, con aspecto de estárselo pasando estupendamente bien intentando reconocer a algún famoso.

Resultaba irritante.

Deseaba aplastar toda esa perfección, arruinar la serena expresión, descubrir qué se escondía bajo tanta amabilidad.

–Al parecer has resultado ser una gran actriz –le susurró al oído.

–Si te refieres a que sé comportarme en público entonces, sí, lo soy –contestó con dulzura aunque su barbilla se alzó desafiante–. Yo lo considero un rasgo de buena crianza.

–¿La misma buena crianza que te inspiró la huida de tu propio banquete nupcial? –preguntó él–. Qué orgulloso se sintió tu padre...

Ella reaccionó con un ligero temblor en los labios y la rigidez de su cuerpo, pero para un ojo poco entrenado, podría haber estado hablando de la espléndida noche californiana.

–Aquello fue un error –masculló ella entre dientes.

–Qué suerte la mía.

–Dime una cosa –ella se acercó para que pudiera apreciar la tormenta en sus ojos del color del mar–, ¿qué habrías hecho tú en mi lugar?

–Habría hecho honor a mi promesa –contestó él sin dudarlo.

–Qué fácil para ti decirlo –ella respiró entrecortadamente–. Qué fácil criticar algo que desconoces por completo.

–Pues explícamelo –sugirió él–. Tenemos toda la cena, Gabrielle, y el resto de nuestras vidas. Si hay algo que crees que debería saber, tienes todo el tiempo del mundo para explicármelo. ¿Quién sabe? –sonrió–. Puede que hasta comprenda tu punto de vista.

–Tú jamás comprenderás mi punto de vista –espetó ella–. No te interesa lo más mínimo el motivo de mi marcha. Sólo te importa porque hirió tu orgullo. ¡Tu imagen! ¿Qué posible explicación podría satisfacer el orgullo herido de un hombre poderoso?

A Luc le traía sin cuidado el tono sarcástico empleado por Gabrielle. Pero la observó atentamente hasta que ella desvió la mirada y se llevó una mano al cuello.

–No lo sabrás si no lo intentas –la desafió.

–Mi padre tuvo muy claras sus expectativas desde que yo era niña –comenzó tras una pausa–. Era... es un hombre difícil de complacer, pero lo intenté. Saqué las mejores notas en la universidad. Accedí a todos sus deseos y me convertí en un miembro activo de actos benéficos en apoyo de las causas que él consideraba las mejores, en lugar de utilizar mi título para ayudarle a dirigir el país. Él no quería que la princesa heredera interviniera en asuntos de estado a no ser que fuera para organizar fiestas. Lo que él quería, yo hacía.

—Continúa —le urgió cuando ella hizo una pausa.

Luc intentó imaginarse a una pequeña Gabrielle sin madre, criada a la sombra de su ceñudo y nada cariñoso padre, y no le gustó. Tampoco estaba seguro de creerse su historia. La obediente y sumisa niña que le había descrito no habría huido como ella...

—En realidad no es una historia muy interesante —continuó ella—. Hice todo lo que pude para complacer a mi padre hasta el día en que me casó con un hombre al que no había visto jamás y sin preguntarme siquiera mi opinión al respecto —se cuadró de hombros y lo miró a los ojos—. Me sentía aprisionada, atrapada. No era mi intención abandonarte de ese modo, pero tenía que marcharme.

—¿Y no pudiste hablar conmigo? —él intentó conservar la calma, sin demasiado éxito—. Podrías haberme pedido ayuda.

—¿Pedirte ayuda? —ella soltó una carcajada—. No podía. Eras un perfecto desconocido —frunció el ceño—. ¿Cómo iba a explicártelo si tú eras uno de los implicados?

Una parte de él deseaba gritarle, exigirle que admitiera que debía haber acudido a él, no huir de él, pero se contuvo. ¿Por qué estaba tan dispuesto a tragarse la historia? La pobre princesita, desesperada por agradar a su autoritario padre. La misma historia de todos y cada uno de los adinerados aristócratas que había conocido. Aun así, Gabrielle había conseguido que ellos fueran portada de miles de revistas del corazón. Aseguraba que había sido sin querer, pero a él le parecía un acto deliberado. Había sido su primera oportunidad para rebelarse. Quizás la princesa perfecta estuviera harta de su papel. La prensa había sido su mejor arma, y él su mejor víctima.

—Soy tu marido —insistió él—. Mi deber es protegerte.

—¿También de ti mismo? —preguntó ella con amargura.

Luc no respondió. Se limitó a observarla extender una mano temblorosa hacia su copa de vino y llevársela a los labios. El sencillo gesto le resultó de lo más erótico, a pesar de que no se había creído ni una sola palabra. Era una mentirosa, lo había traicionado y se había burlado de él ante el mundo, y aun así la deseaba.

La deseaba, la necesitaba, con una violencia que no podía ni explicar ni entender.

—No supongo ninguna amenaza para ti —le aseguró, consciente de que era mentira.

—Me disculparás —ella lo miró con sus grandes ojos y repitió las palabras que él le había dicho horas antes—, pero resulta que no te creo.

La cena prosiguió en una tensa calma. Gabrielle era consciente hasta del roce de sus pezones contra la seda del sujetador y, sobre todo, de la inflexible y huraña presencia de Luc. Era demasiado corpulento para aquella mesa y sus largas piernas le rozaban a intervalos, sobresaltándola. Sólo tenía ojos para él, y apenas probó bocado. La llegada del camarero con el café le sorprendió.

—¿No te gusta el café? —preguntó Luc con amabilidad.

—¿Por qué lo dices? —únicamente un férreo autocontrol le impedía removerse nerviosa en la silla mientras probaba el café.

–Por el gesto que has hecho –contestó él–. O más bien por el gesto que casi has hecho. Has sido, por supuesto, demasiado bien entrenada para hacer gestos en público.

–No he hecho tal cosa –ella se puso tensa, consciente de que estaba jugando con ella, pero incapaz de no seguirle la corriente. Como un ratón demasiado cerca de las garras del gato.

–Empiezo a entender las complejidades de tu rostro público –la miró fijamente por encima de su taza de café–. Pronto sabré interpretarte y, entonces, ¿qué vas a hacer?

–Si fueras capaz de interpretarme –contestó ella–, no tendrías que preguntarte si miento.

–Ahí tienes razón.

–Entonces espero que aprendas rápido –espetó ella.

–No tienes de qué preocuparte –le prometió él.

El tono de voz insinuaba cosas que ella no quería saber, y cuando sus miradas se encontraron sintió un escalofrío. Luc tenía la vista fija en su boca.

–¿Has terminado ya? –susurró él con impaciencia–. Cuando quieras volvemos a casa.

«A casa», se repitió a sí misma. «¿Juntos?».

Era del todo punto imposible. No podía estar pensando en...

–¿A casa? –repitió nerviosa–. ¿Te refieres a casa de Cassandra?

–¿Así se llama? –Luc parecía aburrirse. Y también divertirse.

–Supongo que tendrás un hotel en alguna parte –insistió ella.

–Soy dueño de varios hoteles –él hizo una mueca–. La mayoría en Asia, aunque también tengo algunos en Francia y en Italia. Pero ninguno en este país.

–No me refería a eso –ella parecía molesta–. No puedes alojarte en casa de Cassandra con... con... –se interrumpió, azorada.

–¿Contigo? –él terminó la frase y la miró con gesto enigmático–. ¿No puedo?

–Por supuesto que no. Es ridículo. No somos... –bajó la vista y contempló sus manos entrelazadas sobre el regazo. Las soltó con decisión y las colocó sobre la mesa–. No es posible que pienses que nosotros...

–Lo dije muy en serio antes –contestó Luc con la misma decisión y la mirada seria–. Espero que seas mi esposa, en todos los sentidos.

–¡Estás mal de la cabeza! –susurró ella demasiado alterada para poder gritar, aunque quizás se lo hubiera impedido esa otra parte de ella, la que deseaba «ser su esposa en todos los sentidos». Respiró entrecortadamente.

–Puedes pensar lo que quieras, Gabrielle –contraatacó él con los ojos brillantes–. Interpretas muy bien el papel de inocente ofendida, pero no engañas a nadie.

–No sé a qué te refieres –balbuceó ella con todo el coraje del que fue capaz.

–Me basta con tocarte –murmuró Luc mientras le agarraba una mano.

Piel contra piel, el contacto bastó para que la electricidad saltara entre ellos. Sintió los pechos tensos y, de inmediato, el ardiente y húmedo deseo entre las piernas.

–Una vez más –continuó él con una indiscutible expresión de satisfacción dibujada en el rostro–, has quedado como una mentirosa.

A la salida del restaurante, Gabrielle intentó mantener la compostura mientras Luc llamaba al chófer.

Quería gritarle por su altivez, por su crueldad, pero

sobre todo porque temía que él conociera ciertos aspectos sobre su cuerpo, sobre ella, que temía descubrir.

Jamás sobreviviría a aquello. A él. Por fuerte que clamara su cuerpo, por desgarrador que fuera el dolor que surgía de su centro íntimo, Luc la cambiaría, la marcaría. Y no podía permitir que sucediera.

Estaba desesperada.

Sin embargo debía mantener la perfecta y artificial sonrisa en el rostro. Tenía que fingir estar completamente encantada, y tenía que mirarlo con adoración mientras esperaban al coche. Como la alegre recién casada que él pretendía que fuera.

«¿Qué hubiera sucedido si me hubiera comportado así desde el principio?», susurró una traicionera vocecilla. Si no hubiera huido, si se hubiera quedado aquella noche...

Gabrielle rechazó las incómodas preguntas y se concentró en mantener la compostura. Luc la acusaba de actuar, como si fuera algo vergonzoso. Su marido tenía suerte de que hubiese recibido esa educación. Sin ella, se habría desmoronado en medio de la calle ofreciendo sus pedacitos a los fotógrafos.

—Por fin —anunció Luc, demasiado cerca de ella, mientras el coche negro se aproximaba.

Los masculinos labios apenas le habían rozado la oreja al hablar, pero había bastado para que ella sintiera un ardiente latigazo de deseo que surgió en el estómago y se extendió por todo el cuerpo. No soportaba que produjera ese efecto en ella. No soportaba la debilidad de sus rodillas al pensar en la noche que tenían por delante.

No habría «noche por delante». ¡Apenas conocía a ese hombre! En total no había pasado más de seis horas de su vida con él, incluyendo la boda. Luc era un iluso si pensaba que iba a poder meterse en su cama, aunque, técnicamente, fuera su esposo.

Sabía que entraría en combustión, que la cambiaría para siempre, y no podía permitir que sucediera. Debía aferrarse a lo poco de ella que había conseguido salvar la semana anterior tras toda una vida como princesa sumisa y controlada. Era como despertar por fin de una pesadilla muy larga, y todo para encontrarse con otra pesadilla, con forma humana, que amenazaba con hundirla de nuevo.

Sin embargo, la sonrisa permaneció imperturbable mientras él la ayudaba a sentarse en la parte trasera del lujoso coche. Quiso darle las gracias, pero su marido tenía toda su atención fija en uno de los hombres del grupo de fotógrafos.

Luc se tensó casi imperceptiblemente, y la expresión de su boca adquirió un aspecto glacial. Resultaba aterrador y Gabrielle agradeció que no la mirara a ella. Daba la sensación de querer destrozar a ese hombre con sus propias manos.

–Silvio, qué encantadora sorpresa –saludó Luc en italiano–. ¿Qué te trae a California?

Por enfadado que estuviera con ella, jamás le había hablado en ese tono horriblemente frío, cruel. Aún no. Ese hombre, un fotógrafo a juzgar por la cámara que colgaba de su cuello, parecía indiferente. Incluso le sonrió a Luc, como si no presintiera el peligro.

–Adonde vaya mi príncipe, iré yo –contestó con evidentes signos de burla–. ¿Qué tal la vida de casado, Luc? ¿Ha resultado ser todo lo que habías soñado que fuera?

–Y más –masculló Luc entre dientes–. Seguro que te veré por aquí.

–Puedes contar con ello –le espetó Silvio.

–Siempre lo hago –contestó Luc sin borrar la sonrisa de sus labios.

Subió al coche, junto a Gabrielle y, para su horror, le dedicó a ella toda esa gélida ferocidad.

Capítulo 8

DURANTE el trayecto en coche, Luc permaneció en silencio, un silencio mucho peor que cualquier cosa que pudiera haber dicho.

Gabrielle lo sentía. No le hacía falta mirarlo, ni se atrevía a hacerlo. Sentía la relajada postura del hombre reclinado contra el asiento de cuero, en contraste con la electricidad que parecía emanar de él. Sentía la ira surgir en oleadas. El modo en que los oscuros ojos la devoraban le producía escalofríos en la espalda. Parecía llenar el coche con su presencia, arrinconándola sin tocarla.

Atribuyó esa sensación al terror, pero su intuición femenina le susurró la verdad. Los hinchados pechos presionaban contra el sujetador y la blusa. Respiraba entrecortadamente y sentía las piernas inquietas, presas de un pánico que le hacía querer huir de allí. Si la presión aumentaba más, no sabía qué iba a poder hacer. ¿Estallaría?

El coche se paró frente a la casa de Cassandra y Gabrielle contempló la bonita fachada sin verla. Se bajó del coche seguida de la silenciosa y pensativa presencia. Sólo era consciente de la aterrada respuesta de su cuerpo y del acelerado ritmo de su corazón, del calor que la sofocaba y de la ardiente humedad entre las piernas.

¿Cómo podía estarle sucediendo aquello? Con lo enfadado que parecía estar con ella, ¿acaso no tenía ni un ápice de autoestima?

Por supuesto que no. No podía tenerla.

Una mujer con autoestima no se habría casado con un desconocido. Y, de haberlo hecho, no lo habría abandonado tras la boda sólo para ser perseguida por medio mundo como una fugitiva. Ya fuera debilidad o falta de respeto por sí misma, el resultado era el mismo.

–Vamos –ordenó Luc mientras le tomaba la mano con gesto dictatorial y la atraía hacia sí. Su oscura mirada parecía brillar en la negra noche, y sus labios dibujaron una despiadada sonrisa–. Ha llegado la hora de dejar de jugar.

Gabrielle no corrió. Abrió la puerta y se alejó de él mientras Luc la miraba con gesto de satisfacción, consciente de que caminaba demasiado deprisa para estar tranquila.

Ver a Silvio, ese cerdo, no había hecho más que intensificar la rabia que había alimentado desde el humillante instante en que se había dado cuenta de que su perfecta y obediente princesa había huido. De todos los paparazis que lo habían perseguido durante años, Silvio había sido, sin duda, el peor. Llevaba años detrás de una historia como aquélla, desde que Luc había perdido los estribos y le había puesto un ojo morado durante el funeral de sus padres. Pero de aquello parecían haber pasado siglos.

Aquélla había sido la última vez que había sido portada de la prensa, la última que había provocado tantos comentarios escandalosos.

Pero la maldita Gabrielle, su maldita esposa, le había arrojado de nuevo en brazos de Silvio, proporcionándole la munición.

Y Luc sabía exactamente cómo hacerle pagar por ello.

Una vez dentro de la casa, Gabrielle atravesó el salón a toda prisa y se encontró cara a cara con su reflejo en las puertas correderas sobre las que apoyó las palmas de las manos.

Sin molestarse en encender la luz, Luc se colocó a su espalda. Las luces de la ciudad bañaban la estancia alargando su sombra, silenciosa y peligrosa como una pantera.

Ella era su presa. Lo sentía en el fondo de su ser, en los huesos.

–No podrás huir, Gabrielle –susurró él con voz profunda y amenazadora.

–No estoy huyendo –ella alzó la barbilla.

Su voz surgió tan infantil, tan inútilmente desafiante que él soltó una carcajada.

–Deberías haber sabido cómo acabaría esto –continuó Luc–. Deberías habértelo pensado.

–No te conozco –insistió ella en apenas un susurro.

Era mentira. Gabrielle sabía cosas que prefería ignorar. Su cuerpo lo conocía mejor de lo que estaba dispuesta a admitir, por mucho que intentara negarlo.

–Eres mía –la voz de Luc estaba cargada de posesión.

–Tú no eres mi dueño –Gabrielle respiró contra su piel, apoyándose contra la puerta de cristal e irguiendo la espalda contra él–. ¡Nadie puede ser dueño de otra persona!

–¿Te sientes mejor pensando así? –se burló él–. ¿Crees que los buenos modales te salvarán esta noche?

Gabrielle ya no sabía qué pensaba, sólo sabía que

Luc estaba demasiado cerca, y todas las células de su cuerpo le gritaban que huyera, que hiciera cualquier cosa para escapar.

Las manos de Luc se apoyaron en los hombros de Gabrielle y se deslizaron por sus brazos. El reflejo en el cristal difuminaba sus rasgos, haciéndole parecer más abordable.

El contacto con su piel hizo que su sangre gritara el nombre de Luc, eliminando las ideas que pudiera haber tenido de escapar.

Sintió el calor de sus manos a través de la blusa y la sorprendente dureza de las palmas.

Se estremeció y se sintió desfallecer. Ella, que ya era débil en lo que a él se refería. Una deliciosa y terrorífica languidez la inundó instándola a reclinarse contra el musculoso cuerpo, como si fuera incapaz de sujetar la cabeza por voluntad propia. Lo sentía, ardiente, contra cada milímetro de su espalda. Insoportablemente ardiente.

Debería decir algo, recordarle que eran dos extraños. Debería apartarlo de su lado. Era demasiado pronto. Siempre lo sería.

No había vuelta atrás.

Era incapaz de moverse.

Tenía la impresión de arder en unas llamas que surgían de su boca y lamían su cuerpo antes de obligarla a echar la cabeza hacia atrás, hacia él. Vio sus oscuros ojos y cautelosa mirada antes de que esa boca se fundiera con la suya, y ya no pudo pensar en nada.

Estaba perdida. Una y otra vez.

La boca de Luc tomó el control sobre la suya y ella supo cómo responder, aunque no pudo hacer gran cosa mientras él la dominaba despiadadamente.

Como si una tormenta hubiera estallado en su interior, Gabrielle sintió la fuerza de esa boca contra la suya, y todo lo demás fue parte del infierno que se desató.

En un intento de soltarse, se apartó de él, pero apenas creó un diminuto espacio de aire.

Si permitía que sucediera, estaría perdida para siempre. Algo en su interior se lo había repetido desde la primera vez que había posado sus ojos sobre él, y sentía la verdad resonando a través de ella, en oleadas por su piel, su sangre, su mente. Los labios le ardían. Y, lo peor de todo era que lo deseaba. Deseaba más de él.

De repente se sintió mareada, abrumada. Luc era tan distante, tan poderoso. Y supo que jamás saldría de aquello como había entrado. Iba a cambiarla, en su vida habría un «antes» y un «después». Y ese «después» la aterrorizaba porque supondría su fin, el final de lo que era, de quien quería ser. Sus labios empezaron a formar una protesta, o quizás una súplica, cualquier cosa para detener esa tormenta llamada Luc Garnier.

Pero Luc se lo impidió con otro beso, aún más aterrador porque resultó ser tierno.

–Ya basta –susurró Luc contra su boca–. Basta de hablar.

Se le había subido a la cabeza, mucho más deprisa que cualquier bebida alcohólica.

Luc la besó una y otra vez, inclinándole el cuerpo sobre su brazo, sujetándola con fuerza para poder explorar libremente su boca, su cuello. Su sabor era totalmente nuevo para él, dulce, adictivo, y tan ardiente que lo quemaba. Y aún fue peor cuando dejó de besarla.

Ella besaba con inocencia. Como las mentiras que había pronunciado.

Y mientras la saboreaba, quiso creerse hasta la última de esas mentiras.

Con un gruñido se sentó en el sofá y la sentó a horcajadas sobre su regazo. Al entrar sus caderas en contacto, respiró hondo. Se frotó contra su delicado núcleo, haciéndole gemir.

Las manos se deslizaron por las femeninas curvas que tanto había ansiado poseer desde la primera vez que la había visto. Presionó la boca contra el delicado cuello y se deleitó en el suspiro que le arrancó. Impaciente por ver más, le quitó la blusa de seda.

—Por favor... —suplicó ella y, con un sencillo movimiento, Luc le desabrochó el sujetador.

Los gloriosos pechos aparecieron ante él, firmes y orgullosos con los pezones erectos y no pudo evitar la tentación de introducirse uno de esos pezones en la boca.

Sentada sobre él, atrapada entre su erección y el calor de su boca, Gabrielle se balanceó en sus brazos y su espesa mata de pelo cayó a su alrededor en salvajes ondas.

Cuando los gemidos se hicieron más profundos, la boca de Luc pasó al otro pezón mientras que con la mano exploraba el pecho que había quedado huérfano.

—¡Luc! —exclamó ella.

Le gustó oír su nombre en sus labios. Le gustó la desesperación en su voz, la ciega necesidad en sus ojos. Era suya y no le permitiría olvidarlo jamás.

—Por favor —suplicó Gabrielle—. Yo no... no sé cómo...

Él chupó el pezón con violencia mientras movía las caderas contra las suyas, y ella estallaba en sus brazos.

Gabrielle echó la cabeza hacia atrás, dejando expuesto el cuello mientras fuertes sacudidas atravesaban su delgado cuerpo. La sangre de Luc se incendió con una sensación de triunfo, y una especie de oscuro y agudo deseo. Quería estar dentro de ella. Quería investigar hasta la última de las mentiras que pronunciaba el seductor cuerpo. Quería hundirse en ella hasta convertirse en la única verdad que ella reconociera.

Gabrielle levantó la vista y lo miró aturdida.

Pero lo peor era que a Luc ya no le importaba si mentía, ni que le hubiera traicionado. Mientras pudiera tocarla, no le importaba nada en el mundo.

Y ese pensamiento hizo surgir la maldad en él.

—¿Siempre reaccionas así? —preguntó con acritud—. ¿O ha sido un numerito especial para mí?

Ella sacudió la cabeza con la mirada perdida y frunció el ceño ligeramente. Aún a horcajadas sobre él, cambió se posición ligeramente, provocando un gruñido por parte de Luc a medida que la erección se hacía más fuerte.

—¿Y por qué iba a fingir para ti? —preguntó ella.

—*Touché* —murmuró él mientras reclamaba su boca una vez más.

De repente se le ocurrió que ella había reaccionado con perplejidad, no con rencor.

Tenía que meterse dentro de esa mujer, su esposa. De lo contrario se volvería loco.

Y tenía que ser en ese preciso instante.

Capítulo 9

DEBÍA de estar soñando.

Gabrielle estaba casi convencida. En un país extranjero, en una casa extraña, junto a un peligroso hombre que la sujetaba entre sus brazos, reduciéndola a un tembloroso despojo. Sus piernas aún sufrían las últimas sacudidas y todo el placer concentrado la mareaba, pero Luc era real, su cálida piel pegada a ella y los embriagadores e irresistibles besos.

–Luc... –hizo una última comprobación para confirmar que no era un sueño.

–Calla –susurró él mientras su boca volvía a descender sobre la de Gabrielle.

Luc la levantó en vilo y, tras interrumpir el ardiente beso, la apretó con fuerza y, aparentemente sin esfuerzo, se puso en pie con ella en brazos. Sus ojos grises parecían brillar en la oscuridad y Gabrielle se sintió aturdida por la miríada de emociones.

Lo único que podía hacer era estudiar sus rasgos mientras atravesaba toda la casa con ella en brazos. ¿La habría llevado así la noche de bodas, la noche en que huyó de él? ¿Se habría sentido igualmente hechizada, incapaz de desviar la mirada de su rostro? Recordaba lo imponente e intimidatorio que había resultado el día de su boda, pero aquella noche resultaba aún más desconcertante y eso le preocupaba profundamente. Un escalofrío recorrió su cuerpo, surgiendo desde el interior. Tenía miedo. Mucho miedo.

Pero mientras lo miraba, no le quedó más remedio que ser sincera consigo misma, y la verdad estaba allí ante sus ojos. Sintió el acero de sus fuertes brazos alrededor del cuerpo y su calor impregnándola junto con el placer que aún vibraba en su interior.

No era el miedo lo que le calentaba la sangre, lo que le hacía sentir febril y fuera de control. No era el miedo lo que le hacía ansiar esa ardiente boca, la lengua, las manos.

Era el deseo.

A pesar de no haber sentido nada parecido antes, supo lo que era. Sabía lo que significaba el dolor entre sus muslos, la tirantez de sus pezones. Y a pesar de que le aterrorizaba, también se sentía excitada ante las nuevas sensaciones que vivía. Y las deseaba.

De repente, las viejas dudas y temores se agolparon en su mente, más insistentes que nunca. Gabrielle parpadeó y cerró los ojos como si con ello pudiera bloquearlas, a pesar de estar abrazada al causante.

No conocía a ese hombre. Ese matrimonio había sido un error impuesto por su padre. Había practicado la obediencia ciega durante veinticinco años, pero ya no estaba ciega y sabía con certeza que el matrimonio con Luc Garnier destruiría cualquier atisbo de independencia que hubiera descubierto durante la corta semana en la que había hallado el valor para decidir por sí misma.

Iba a engullirla, empezando en ese preciso momento. Ya había empezado en cuanto había aparecido ante su puerta. Desaparecería en él, se ahogaría por completo.

—Luc —repitió apartándose de él, repentinamente consciente de lo indefensa que estaba y lo evidente que resultaba el poder de ese hombre y la falta de poder de ella misma.

Los ojos de Luc brillaron y de repente todo empezó a dar vueltas. Gabrielle contuvo la respiración al darse cuenta de que la había lanzado sobre la cama como si no pesara nada. Dio un bote sobre el colchón antes de que el musculoso cuerpo se tumbara sobre ella, inmovilizándola. Con el corazón acelerado, se quedó helada.

Las sensaciones alimentaron más sensaciones y las manos de Luc se deslizaron desde las femeninas caderas hasta los hombros, y de ahí alrededor de la cintura hasta calibrar la forma del trasero y hasta que Gabrielle apenas pudo distinguir uno del otro. Sólo existía el fuego, el deseo. El enorme cuerpo era pesado y firme y la aplastaba contra el colchón, robándole el aliento. Se sentía electrificada en cada punto del cuerpo que tocaba la hábil y cruel boca, el amplio y musculoso torso y los muslos que presionaban contra los suyos. Los pechos se tensaron y se sintió fundirse, ardiente y mojada, bajo su cuerpo. Estaba preparada para él. Preparada y desesperada.

Gabrielle intentó desabrocharle los botones de la camisa. Necesitaba apoyar las manos contra su piel para comprobar si él también ardía de fiebre. Luc soltó un juramento y se arrancó la camisa. Ya no había nada entre él y sus pechos. Sólo piel contra piel.

Las manos de Gabrielle temblaban mientras se deslizaban por el fascinante torso desnudo cuyos atléticos músculos pectorales descendían hacia unos perfectos abdominales. El pulso palpitaba en su cabeza, el corazón y entre las piernas. Al recordar el placer que había sentido cuando se lo había hecho, se pegó más a él e introdujo uno de los pezones de Luc en su boca. Él gimió y ella pasó al otro pezón.

–No –murmuró él en italiano–. No me hagas eso.

Con manos hábiles y firmes, se quitó el resto de la ropa antes de hacer lo mismo con la de Gabrielle, levantándole las caderas para quitarle los pantalones con despiadada maestría.

Después se tumbó, desnudo, sobre ella, dejándola sin aliento al sentir el áspero vello entre los muslos de Luc enredarse entre los suyos. El firme torso se frotaba deliciosamente contra sus pezones y la erección presionaba contra su entrada, mareándola.

Luc se apoyó sobre las manos para alzar su cuerpo sobre el de ella y la miró. El deseo que reflejaba la oscura mirada resultaba más excitante de lo que ella podía soportar.

–No me dejes así –susurró ella.

Los labios de Luc se curvaron, aunque fue algo más masculino y sexual que una sonrisa. Algo que conectó con el interior de Gabrielle, haciéndole sufrir.

–Tus deseos son órdenes, Alteza Real –murmuró él.

Y sin previo aviso, giró las caderas y se lanzó en su interior.

La embistió con violencia y oyó su grito, simultáneo al suyo. Resultó tan inesperado, tan sorprendente, que Luc se paró en seco, jadeando, mientras la miraba espantado.

–Eres virgen –no había sido una pregunta.

Los ojos de Gabrielle se inundaron de lágrimas mientras las delicadas manos se apoyaban en el fuerte torso, como si quisiera mantenerlo apartado.

–Deberías habérmelo dicho... –él se interrumpió.

Ya se lo había dicho, de todas las maneras imaginables. La desconfianza hacia él, los inocentes besos. Una inocencia que él había creído fingida. ¿Cuándo le había dejado explicarle que era virgen? No había querido ver lo evidente.

Pero tampoco había querido hacerle daño.

–Sí –contestó ella tras unos segundos mientras se retorcía contra él.

Luc pensó que intentaba apartarse de él, sin darse cuenta de que sus movimientos ejercían el efecto contrario. La había penetrado profundamente, hasta el fondo, y aun así ella seguía retorciéndose, excitándolo aún más. Era una tortura. Una deliciosa y dulce tortura.

–¡Por supuesto que soy virgen! –de nuevo ella se movió inquieta–. ¿Y qué importa?

Él estudió su rostro, ruborizado a partes iguales por la rabia y la pasión. Conocía su cuerpo y cómo respondía ante él. Se movió ligeramente para probar y ella volvió a gemir mientras el color de sus mejillas se hacía más profundo.

–¿Te he hecho daño? –preguntó él, repitiendo el movimiento.

–No... no lo sé –balbuceó ella.

–No te habría hecho daño de haberlo sabido –insistió él mientras le acariciaba el cuello, deslizando un dedo hasta el pecho. Sentía remordimientos y la besó, a modo de disculpa.

–¿De haber sabido...? –repitió ella confusa–. Porque ¿pensabas...? –no terminó la frase, dominada por la ira. Las manos se cerraron en dos puños contra su pecho.

–Sí, lo «pensaba» –él volvió a bascular las caderas, encantado de comprobar cómo la ira se difuminaba en un suspiro y las manos se deslizaban hasta sus caderas–. No acabas de salir de un convento. No negocié nuestro matrimonio con la madre superiora. Ya eres adulta.

–No –jadeó ella–. No estaba en un convento. Técnicamente no. Pero, por supuesto no se me permitía... jamás podría... –se interrumpió ruborizándose.

Algo nació y se expandió triunfante dentro del pecho de Luc.

«Mía», pensó. Quería proclamarlo a los cuatro vientos. Ningún otro hombre la había tocado antes que él. Y ningún otro hombre lo haría después. Era suya. Más que nunca.

–A todos los efectos, como si hubieses estado en un convento –murmuró él–. Te entiendo.

–Luc...

Excitado sólo con oír su nombre en boca de Gabrielle, Luc la besó apasionadamente mientras se movía lentamente y con cuidado en su interior.

–Confía en mí –susurró mientras se hundía más en ella, vertiéndose por completo en sus ardientes profundidades.

Luc avivó el fuego con besos largos y lentos. Avivó cada llama besando la elegante línea del cuello, cubriéndole el trasero con sus manos ahuecadas. Estableció un ritmo cómodo y tranquilo, estimulándola para que hiciera algo más que aceptar sus embestidas. En pocos minutos ella empezó a moverse a su ritmo, alzando las caderas, como si no pudiera evitarlo. Sus piernas se movían inquietas antes de encontrar acomodo en su espalda. Las manos de Luc la acariciaban y guiaban, frotándole el punto más sensible hasta que empezó a respirar entrecortadamente.

«Mía», pensó él de nuevo.

Ella estalló y él la siguió.

Largo rato después, Gabrielle se despertó sobresaltada.

Al principio no sabía qué le había despertado, pero casi de inmediato reconoció el cuerpo de Luc contra el suyo, tumbado en la cama con un brazo apoyado sobre ella. ¿Había sido eso? Jamás había compartido una cama con nadie. Le resultaba extraño, y casi invasivo, tener a ese enorme hombre acorralándola, ocupando la mayor parte de un colchón que antes le había parecido enorme.

Los sucesos de la larga noche se agolparon en su mente con vívidas imágenes conectadas con sensaciones que aún sentía en las piernas. Se sentía utilizada como jamás se había sentido en su vida. Se sentía mujer. Como si al fin hubiera descubierto el sentido de sus pechos, sus caderas. Como si hubiera sido creada para darle placer.

Contempló a Luc mientras dormía. La dura y cruel boca resultaba delicada y casi dulce, haciéndole parecer más próximo. Más joven y más tierno. Ella sonrió. Tampoco es que pareciera un crío. En realidad era incapaz de imaginárselo siendo crío, pero sí parecía menos aterrador. Menos sobrecogedor. No tan irritable y corrosivo.

Gabrielle se estremeció, a pesar de no sentir frío, y se giró hasta darle la espalda y poder contemplar la oscuridad. ¿Había cambiado tal y como se temía? ¿La había alterado para siempre? ¿Cómo saberlo?

No había esperado que resultara tan... físico. No había esperado sentirle tan profundamente dentro de ella ni que la invadiera de tal manera que le hiciera sentir a un tiempo insignificante y poderosa. Era muy confuso. Conocía los mecanismos del acto, por supuesto, pero la ejecución había sido tan... Luc.

Era como una fuerza de la naturaleza. Le había hecho daño y a continuación la había agotado de placer.

Incluso en esos momentos, despierta y atormentándose en medio de la noche con preguntas de las que no estaba segura de querer saber la respuesta, lo deseaba. Su proximidad le ponía nerviosa, hacía que su cuerpo vibrara de deseo, a pesar de que ciertas partes de ese cuerpo le dolían a causa de la inhabitual actividad. Incluso después de que todo hubiera acabado, lo deseaba. ¿Le convertía eso en un ser débil o era una simple consecuencia del poder de su esposo?

—Haces tanto ruido al pensar que no hay forma de dormir —la sorprendió Luc.

—Lo siento —contestó ella mecánicamente antes de sentirse ridícula por disculparse porque, aparentemente, fuera capaz de oír sus pensamientos. Por mucho que lo pareciera a veces, no era un ser sobrenatural—. Debes de tener un sueño muy ligero.

Luc le alisó el ceño fruncido con los dedos y ella se inclinó hacia él del mismo modo que las plantas se inclinan hacia el sol.

—No te preocupes —insistió con voz firme—. Yo cuidaré de ti.

Sonaba a juramento. Toda la rabia desplegada horas antes parecía haberse disipado. Lo cual no le hacía menos imponente tumbado, oscuro y masculino, sobre las sábanas. Gabrielle se dio cuenta de que contenía la respiración y dejó salir el aire antes de volver a respirar cuando él deslizó un dedo por sus labios en un gesto inequívocamente sensual.

—Duérmete —dijo él sin embargo.

—No sé por qué me he despertado —susurró ella.

Tenía la certeza de que una gran tormenta había pasado, una que les había engullido a los dos, una de la cual no estaba segura de haber sobrevivido indemne. Temía alterar el delicado equilibrio que mantenían.

Quería que sus ojos siempre la miraran tan limpios y casi tiernos. Quería que sus labios se curvaran como lo hacían en ese momento.

¿A qué tenía miedo? ¿Tenía miedo de perderse o ya era demasiado tarde?

Pero en la oscuridad de la habitación, descubrió que no le importaba.

–Puede que haya creado un monstruo –él deslizó una mano bajo su nuca para atraerla hacia sí y besarla–. A lo mejor sólo puedes descansar durante un breve período de tiempo antes de requerirme de nuevo.

¿La estaba provocando? A Gabrielle le espantó la posibilidad, aunque no más que la inmediata reacción de su cuerpo ante el contacto de sus labios con la masculina boca. Sus pezones se endurecieron al instante y se sintió humedecer. A la orden. Al menor contacto. Ni siquiera el ligero dolor entre las piernas impidió que lo deseara. Hundió las manos en la espesa cabellera negra, deleitándose con la textura, con la forma de su cabeza, con el fuerte cuerpo que, una vez más, se colocaba encima de ella. Aplastándola deliciosamente.

–A lo mejor –susurró ella en respuesta antes de perderse de nuevo en él.

Capítulo 10

CUANDO Gabrielle despertó de nuevo, el sol bañaba el dormitorio y enseguida notó que Luc se había marchado. Lo supo incluso antes de mirar a su alrededor. Su presencia era tan básica, tan inquietante, que lo habría presentido antes de verlo.

Se echó atrás la larga melena y se estiró en la cama mientras hacía recuento de los distintos puntos de dolor que tenía en el cuerpo. Al recordar los movimientos que había realizado aquella noche, y lo que había aprendido, se sonrojó.

No podía decirse que se hubiera comportado como una puritana. A lo mejor no había tenido tantas relaciones con el sexo opuesto como las mujeres de su edad, más bien ninguna, y sus conocimientos habían sido sólo teóricos, pero había soñado y mucho, y en esos sueños no se había mostrado precisamente sumisa.

Aunque ninguno de esos sueños se había acercado siquiera a lo que era Luc Garnier.

Saltó de la cama y se puso una bata de seda antes de recorrer a puntillas la distancia que le separaba de la puerta. Estaba entornada, lo que le permitió mirar por la ranura. A lo lejos se oía la inconfundible voz de Luc. Su respiración se volvió agitada y cerró la puerta. ¿Cómo iba a mirarlo a la cara después de la noche que habían pasado juntos?

En un intento de calmarse, se presionó las mejillas

con las manos y se dirigió al cuarto de baño. Al parecer había perdido su capacidad de control, pero lo que aún podía controlar era su apariencia. Y lo mejor sería no aparecer medio desnuda y con aspecto abandonado. Aunque no supiera qué hacer con ese hombre que se había vuelto repentinamente tan íntimo, sí sabía vestirse para ocultar su estado emocional. Era uno de sus dones.

Tras disfrutar de una ducha más larga de lo habitual, se secó los cabellos y se vistió como la princesa que era y no como la versión americana de sí misma que tan poco había agradado a Luc.

Eligió unos pantalones de lino color crema, hechos a medida por un modisto de Miravakia, que combinó con un jersey de cachemir en color champán. Después se peinó con su habitual moño francés, delicado y elegante. Añadió unos toques de perfume detrás de las orejas y se puso unos pendientes de perlas que proclamaban su pedigrí. El maquillaje lo eligió con sumo cuidado. Había decidido que Luc era la clase de hombre que preferiría la fantasía de una cara lavada sin saber lo difícil que resultaba maquillarse para conseguir ese aspecto. Era famosa por su elegancia, y eso era lo que había adquirido Luc, su mejor logro personal hasta la fecha, sonrió con amargura.

Rechazando unos pensamientos que no le hacían ningún bien, se contempló con mirada crítica en el espejo de cuerpo entero del armario. Bastaría. La salvaje criatura de la noche anterior había desaparecido, sustituida por la princesa Gabrielle que siempre había sido.

Discreta, en tonos pastel. Calmante.

Ésa era su coraza.

Luc levantó la vista cuando ella salió a la terraza, donde él atendía una llamada de negocios. Murmuró algunas frases en francés y ordenó a sus ayudantes que le enviaran por fax la información más relevante antes de colgar para prestarle toda su atención.

El deslumbrante sol de California la iluminaba, destacando la elegancia de sus rasgos. Era la educada e inmaculada princesa de Miravakia que había visto la primera vez, la mujer que había visto en Niza, sin un solo pelo fuera de su sitio.

–Siento haberme quedado dormida –ella lo saludó con una inclinación de la cabeza y su cultivada sonrisa–. Espero no haberte hecho esperar.

Resultaba tan educada, como si no hubiese pasado una larga y sudorosa noche en sus brazos. Pero, por mucho que Luc quisiera recordarle lo sucedido entre ellos, también se alegraba de recuperar esa versión de su esposa. Le demostraba que no se había equivocado en Niza. Prefería que el mundo viese sólo esa faceta de ella: una elegante y capacitada princesa, un orgullo para su país y, por supuesto, para su esposo.

Él sería el único en conocer su otra cara. La de la princesa desinhibida, suya, tras la puerta cerrada. La idea casi le hizo sonreír.

–El descanso te ha sentado bien –contestó él poniéndose en pie e invitándola a la mesa donde la asistenta había preparado una selección de fruta fresca y bollería recién horneada–. Siéntate. ¿Tomas café por la mañana?

–Por favor –asintió Gabrielle acomodándose en una silla con una elegancia espontánea que encandiló a Luc–. Hace una mañana preciosa –murmuró.

Durante unos minutos le habló de las diferencias de temperatura entre Miravakia y Los Ángeles, y de lo mucho que le agradaban las inesperadas similitudes entre ambos lugares. Y todo ello sin variar ni un ápice el tono educado de su voz que surgía con naturalidad.

Luc se preguntó si le supondría un esfuerzo, en particular aquella mañana, después de lo sucedido la noche anterior. Se preguntó cómo se sentiría y reprimió una carcajada. Él, Luc Garnier, mostraba preocupación por los sentimientos de una mujer.

La última mujer cuyos sentimientos le habían interesado lo más mínimo había sido su madre, y más por una cuestión de supervivencia. Vittoria Giacinta Garnier había sido tan histriónica como sugería su nombre. Había tiranizado a todos con sus cambios de humor haciendo de sus sentimientos el centro, no sólo de su propia vida, sino de la de su esposo y su hijo. Había sido como un agujero negro que los absorbía a todos.

–¿Tanto te divierte? –Gabrielle lo arrancó del pasado y juntó las manos sobre el regazo–. Te aseguro que no me gustaría vivir tan lejos de Miravakia, pero me sorprende descubrir que Los Ángeles no es tan salvaje como me habían contado.

–¿Y qué pasa con tu marido? –Luc se había prometido tomárselo con calma para no volver a juzgarla mal–. ¿Ha resultado ser tan «salvaje», como te esperabas?

Imaginó que la respuesta sería afirmativa y no pudo evitar lamentar los sucesos de la noche anterior.

–No esperaba nada –respondió ella con calma antes de cambiar hábilmente de tema.

–Qué bien lo haces –observó Luc. Incluso su manera de enarcar las cejas resultaba refinada–. Desviar la conversación de temas que no quieres tratar.

Ella sonrió con sinceridad y Luc fue consciente de que era la primera vez que había visto algo de humor asomar a su rostro. Era hermosa y resultaba espectacular cuando sonreía.

–Una habilidad necesaria para alguien de mi posición –observó ella–. A menudo ayuda hablar de cualquier cosa salvo el tema sobre el que más querría discutir la otra persona –bajó la vista–. Tengo entendido que cuando lo hace un hombre se denomina «diplomacia».

–¿Te gusta tu posición? –él ignoró la indirecta.

Luc intentaba recopilar en una las diferentes versiones de Gabrielle: la novia perfecta, nerviosa y asustadiza; la fugitiva mentirosa, atracción de los paparazis; la mujer salvaje y excitada que se había estremecido bajo su cuerpo y esa elegante joven con aspecto de que ni un tornado podría despeinarla. Era increíble que todas ellas formaran parte de la misma mujer. Gabrielle lo fascinaba.

«Como un rompecabezas», pensó. Y como tal, éste también conseguiría resolverlo y así perder la inquietante intensidad de su interés por ella. Sólo era cuestión de tiempo.

–Llevo ejerciendo como acompañante de mi padre desde que era muy joven –contestó Gabrielle mientras probaba delicadamente el café–. Siempre he sido consciente de que no sólo nos representamos a nosotros mismos, sino a nuestro país. Y me gusta –miró a Luc unos instantes antes de desviar la mirada al café–. ¿Das muchas fiestas? Supongo que sí.

–No –al ver cómo se ponía rígida en la silla, Luc deseó no haber hablado tan deprisa, tan descuidadamente–. No sólo será tu vida la que se vea alterada por este matrimonio, la mía también, Gabrielle. Y ha llegado la hora de aceptar algunas de las responsabilidades que he ignorado hasta ahora.

–Jamás hubiera dicho que eras la clase de hombre que ignora sus responsabilidades –observó ella tras una breve pausa.

Luc no sabía qué hacer con la extraña sensación que le había agarrotado el estómago ante la suposición de su esposa de que era un hombre responsable.

–Cuando mis padres fallecieron yo sólo tenía veintitrés años –Luc se encogió de hombros–. Tuve que ele-
gir entre hacerme cargo de la empresa de mi padre o
permitir que todo su trabajo cayera en manos de
otros –no tenía ninguna intención de contarle los por-
menores de la batalla, de cuántos le habían traicionado.
Él nunca miraba atrás–. Maduré bastante.

–Sí –continuó ella–. Eres famoso por ello. Resultas
impresionante, incluso amenazante –sonrió en un intento de amortiguar la frialdad de sus palabras.

–Me lo tomaré como un cumplido –Luc se reclinó
en el asiento–. He trabajado muy duro para conseguir
ser considerado amenazante.

–Y desde luego lo has logrado –insistió ella secamente.

Gabrielle dejó la taza sobre la mesa y tomó una lus-
trosa fresa. Cualquier contestación que hubiera podido
darle Luc desapareció tras las sensaciones, y la inmediata erección, que le provocó el gesto de llevarse la
fresa a la boca. Sin embargo, había decidido que no uti-
lizaría la poderosa corriente sexual entre ellos como un
arma contra ella, demasiado inocente para esa clase de
juegos sensuales. Mientras repasaba las llamadas tele-
fónicas recibidas de su empresa, había decidido que necesitaba cortejar a su mujer. Atraerla. Encantarla y agra-
darle. Ésa había sido su intención inicial, hasta que lo
había abandonado durante el banquete. Estaba seguro
de que seguía siendo lo correcto, por desesperante que
fuera el deseo de sustituir esa fresa de su boca por algo
mucho más placentero.

–Nadie pensó que fuera capaz de dirigir la empresa
de mi padre –continuó él mientras intentaba anular su
deseo de convertir el desayuno en otra cosa–. Acababa
de salir de la universidad –sus miradas se fundieron–.

No me gusta que me digan lo que puedo o no puedo hacer.

«Sólo tenía veintitrés años», pensó Gabrielle. «Y ya era un ser magnífico».

–Lo siento –ella escrutó el impasible rostro y le pareció ver algo, un destello del dolor que debía haber sufrido. Aunque a lo mejor sólo era su propio deseo de encontrar algo de dulzura en él–. Eras muy joven. Debió de destrozarte perder a tus padres de ese modo.

–Tú también perdiste a tu madre, ¿no? –preguntó él con una mirada oscura que, sin embargo, no provocó en Gabrielle el miedo que solía.

¿Por qué extraño hechizo había conseguido relajarse a su lado? Gabrielle no tenía la menor duda de que su esposo era aún más peligroso que antes. Y todo por culpa de su maldito cuerpo que tomaba sus propias decisiones independientemente del sentido común. Su cuerpo relajado simplemente quería tenerle cerca. Su mente tenía más dudas.

–Sí –asintió ella al fin, desviando la mirada. Recordaba muy pocas cosas de su madre, una leve caricia en las mejillas, el susurro de su vestido al andar, el débil recuerdo de un dulce aroma y una bonita sonrisa–. Pero apenas tenía cinco años. Tengo muchos menos recuerdos suyos de los que me gustaría tener. Pero perder a ambos progenitores a los veintitantos debe de ser mucho peor.

Luc se revolvió en la silla y su mandíbula se tensó. Su mirada se volvió aún más oscura y Gabrielle sintió que el aire a su alrededor se volvía más frío y su estómago se encogía en respuesta. Sin embargo sabía que esa ferocidad no iba dirigida contra ella.

–Fue una época complicada –él frunció el ceño–.

Pero lo peor había sido la presión de la prensa. ¡Cobardes! Todo eran sospechas veladas, rumores, insinuaciones. Como si la verdad no fuera ya lo bastante trágica.

–Eso es terrible –murmuró Gabrielle procurando no interrumpirle.

–Lo cierto es que una parte de mí sintió alivio –admitió él tras una pausa con la mirada fija en el vacío–, aunque no me siento orgulloso de ello. Mis padres sólo se preocupaban de ellos mismos. Mi padre estaba, creo, desesperadamente enamorado de mi madre, a pesar de sus rabietas, infidelidades y exigencias. Pero ella nunca se sentía satisfecha.

Gabrielle había leído acerca de la famosa y temperamental madre de Luc. Vittoria Garnier había sido una mujer extravagante, derrochadora y muy hermosa y, como tal, irresistible para la prensa que la había adulado y atacado en igual medida. Nadie había pensado jamás en ese niño. Nadie se había preguntado lo que sería ver desmoronarse el matrimonio de tus padres en público. Su paternidad había sido cuestionada y los amantes de su madre expuestos al mundo.

Sintió una punzada de pena por el niño que había sido Luc, criado en medio de ese circo.

–¿Has tenido algún problema con el hombre ése que vimos a la salida del restaurante?

–Silvio Domenico –asintió él con desagrado–. Y antes de que lo preguntes, sí, es el mismo al que sacudí un puñetazo que fue filmado durante el funeral de mis padres. *Heredero de luto en una pelea a pie de tumba*, rezaban los titulares, ¡qué respeto ante el dolor!

Gabrielle no sabía si se refería a la prensa o a su propio comportamiento.

–¿Qué pasó? –estaba fascinada por el relato de Luc, y por el hecho de que se sincerara con ella de ese modo, a pesar de lo celoso que era de su intimidad.

–Es pura escoria –los ojos de Luc echaban chispas y murmuró una obscenidad en italiano–. Pero eso ya no importa. Pertenece al pasado.

«No tanto», pensó Gabrielle, comprendiendo la ira que le había provocado el que su huida le hubiera devuelto a los titulares de prensa. Era posible que toda esa rabia no fuera destinada enteramente a ella, sino al fantasma de su madre.

–Lo siento mucho –ella buscó su mirada, arrepentida por haber destapado la caja de los horrores con su escapada. El que no lo hubiera sabido no era excusa–. Cuando huí no pensé que afectaría a nadie más aparte de a mí misma.

Algo intenso y cargado de electricidad pasó entre ellos. Gabrielle era consciente de los sonidos a su alrededor, pero al mismo tiempo estaba hechizada por la autoritaria mirada gris, incapaz de apartarse de ella.

–Acepto tus disculpas –dijo él al fin antes de alargar una mano hacia el teléfono que había empezado a sonar.

Contestó la llamada en francés mientras se excusaba con un gesto y abandonaba la mesa.

Gabrielle lo vio marchar. Sus movimientos reflejaban la determinación y fuerza que desplegaba siempre. De repente se dio cuenta de que no había respirado hondo desde que había salido a la terraza.

Estuvo a punto de soltar una carcajada. Su coraza funcionaba igual de bien con Luc que con todos los demás, lo cual no dejaba de sorprenderla.

«Porque le crees un superhombre», se reprendió. «Y no es más que un hombre».

Sin embargo al recordar el modo en que la había tocado, y cómo ella se había retorcido bajo su cuerpo, dudó que pudiera ser cierto.

Capítulo 11

GABRIELLE se asomó a la ciudad de San Francisco desde la elegante terraza y contempló la puesta de sol mientras las luces se encendían en la preciosa ciudad californiana. El sol se llevó el calor del día y ella no pudo reprimir un escalofrío.

A sus espaldas oía la voz de Luc, desde la librería del lujoso ático en la que se había encerrado para hacer unas llamadas. Se alegró de poder disfrutar de unos momentos para ella sola, para intentar asimilar los sucesos de las últimas semanas. Para intentar respirar.

¿Sólo había pasado un mes? No más de cuatro semanas desde que Luc había aparecido en casa de Cassandra y todo había cambiado. Ella había cambiado. Lo que le preocupaba era no estar segura de si el cambio había sido en el sentido que tanto había temido o no.

Luc había llegado hecho una furia, pero la tormenta había pasado tras la larga y deliciosa primera noche. Y al día siguiente había despertado casi como un hombre diferente. No es que se hubiera vuelto relajado o acomodaticio, por supuesto. Era Luc Garnier, y jamás resultaría afable o agradable en el sentido en que lo eran otros hombres, pero había cambiado. Se había molestado en comportarse con amabilidad, incluso con solicitud.

Ese mismo día la había llevado de excursión por la inigualable costa californiana, a sobrevolar en helicóptero la preciosa isla de Catalina, y a cenar en la encantadora ciudad de Santa Bárbara cuya arquitectura, mezcla de española, mediterránea y árabe, le recordó a su hogar. Después de degustar una picante cena cajún, un coche les había trasladado hasta el lujoso rancho San Ysidro, tan elegante como poco pretencioso. La exclusiva cabaña privada era una joya oculta entre árboles junto a un arroyo.

Durante todo el tiempo, Luc la había tratado como si fuera su esposa de verdad y no una nueva adquisición comercial. Gabrielle corría serio peligro de verse arrastrada por la versión mucho más accesible de Luc, hasta que descubrió sus maletas en la cabaña.

–¿Qué es esto? –había preguntado confusa–. ¿Qué hace aquí todo mi equipaje?

–Hice que lo trajeran –había contestado Luc, extrañado ante la obviedad.

–No creo que necesite todo mi equipaje –había protestado ella con desconfianza, sobre todo al ver la sempiterna PDA sin la que Luc no iba a ninguna parte–. ¿Cuánto tiempo nos quedaremos aquí? ¿Una noche? ¿Dos?

–No vamos a volver –Luc no había levantado la vista de la PDA. Tras leer un mensaje había cruzado la habitación para servirse una copa, sin mirarla a la cara.

De repente, Gabrielle había sentido que la realidad de su situación, su matrimonio, su marido, le caía encima. ¿Cómo había podido embrujarla en una sola tarde? ¿Cómo había podido olvidarlo?

–¡Pues claro que voy a volver! –había gritado ella. No había permitido que el encanto de la cabaña la distrajera, por mucho que tuviera el techo de madera y una chimenea de piedra con el fuego encendido–. No tenías derecho a decidir que no volvería a casa de Cassandra.

—¿Estás enfadada por lo que he hecho o porque no te he preguntado antes? —había inquirido Luc en tono amable mientras se acomodaba en uno de los sofás.

Había parecido igualmente cómodo en aquella cabaña rústica como en la catedral de Miravakia. Era como si amoldara cualquier espacio en el que se encontrara a sus necesidades. Aquella cabaña parecía haber sido diseñada para él. Era una locura.

—Estoy enfadada porque no pareces tomar en consideración mis sentimientos, ni en esto ni en cualquier otra cosa que me afecte —había contestado Gabrielle.

El romanticismo del día que habían pasado juntos le había infundido una falsa sensación de seguridad. Era lo único que podía explicar tanta ingenuidad.

—Estamos de luna de miel, ¿no? —había preguntado Luc en el mismo tono amable.

A Gabrielle le había provocado un escalofrío de alarma.

—No... no lo sé —había respondido antes de respirar hondo—. Ya sabes que opino que este matrimonio es un error.

Se había esperado la ira que había visto la noche anterior, los comentarios irónicos, la intimidación. Sin embargo, la reacción fue totalmente distinta.

—Es cierto, ya me lo habías dicho —había asentido él mientras se ponía en pie sin dejar de mirarla—. La culpa es mía, creo. Quizás debería concentrarme en actividades más excitantes para una luna de miel que la visita turística de hoy. Quizás así conseguiría que tuvieras una mejor disposición hacia nuestro matrimonio.

—No creo que ninguna actividad vaya a cambiar nada... —la frase de Gabrielle había quedado interrumpida cuando Luc se había sacado la camisa del pantalón.

–¿Disculpa? –había insistido él en tono suave en contraste con la repentina energía sexual que había llenado la habitación–. ¿Decías?

Sin dejar de mirarla con ojos ardientes, había empezado a desabrocharse lentamente la camisa hasta quitársela del todo.

Gabrielle no había estado preparada para verlo a la luz de la hoguera. Su pecho era liso y musculoso, y muy ancho. Los músculos se estrechaban hasta llegar a un abdomen firme y unas finas caderas. El torso estaba salpicado de oscuro vello que le daba un aspecto aún más masculino. Era imponente. Hermoso. Y Gabrielle había sentido la urgente necesidad de saborear cada centímetro de su dorada piel.

Y Luc lo había empeorado todo al arrancarse los pantalones y quedarse desnudo.

–¿Qué haces? –había conseguido susurrar ella mientras su corazón martilleaba contra las costillas y la sangre atronaba tan fuerte en sus oídos que había temido quedarse sorda.

Luc se había colocado frente a ella, arrogante y sin un ápice de modestia. Claro que no tenía motivos para sentirse modesto. Sin poder evitarlo, los ojos de Gabrielle se habían trasladado, casi contra su voluntad, a ese lugar entre las piernas que tanto había sentido la noche anterior, pero que sólo había visto anteriormente en las esculturas de los museos.

La masculinidad de Luc había colgado, gruesa y orgullosa y, al mirarlo ella, había cobrado vida. Gabrielle había experimentado la inmediata respuesta de su cuerpo, los pechos se habían vuelto pesados y el húmedo y ardiente deseo había despertado en su entrepierna. Se había sentido fascinada. Su cuerpo lo deseaba. Otra vez. Siempre.

Como si le hubiera leído la mente, el órgano masculino se había engrosado y endurecido hasta proyectarse lejos del estómago mientras los ojos plateados la habían mirado divertidos.

–Me voy a la bañera de hidromasajes del patio –le había informado mientras alargaba una mano hacia la copa–. ¿Te gustaría acompañarme?

Gabrielle se lo había quedado mirando boquiabierta y respirando entrecortadamente sin poder dejar de concentrarse en el cuerpo desnudo.

–Sólo he estado en una bañera de hidromasajes en el spa –había sido la estúpida respuesta.

–Esta vez será diferente –le había prometido él mientras le tendía una mano.

Gabrielle había titubeado. Su cuerpo le gritaba que se lanzara en sus brazos mientras que su mente le recordaba el asunto de las maletas, una lección que no debía olvidar.

–Confía en mí –Luc había sonreído con una de sus escasas y desgarradoras sonrisas.

Y ella se había encontrado caminando hacia él sin pensárselo dos veces.

En la terraza de San Francisco, Gabrielle se estremeció, pero no de frío. Miró por encima del hombro. Luc seguía en el interior. Oía su voz, aterciopelada cuando hablaba con sus ayudantes en francés y musical cuando lo hacía con su mano derecha en italiano.

Una bañera de hidromasajes jamás volvería a significar lo mismo para ella.

Y aquello sólo había sido la primera noche.

Luc había alquilado un coche con el que habían recorrido la espectacular costa californiana. Como por arte de magia, el equipaje aparecía en una lujosa suite tras otra, en lugares sobre los que ella sólo había oído hablar. Big Sur, Carmel Valley, Monterrey... Cada noche le había hecho el amor, una y otra vez, con una pasión descontrolada.

Era plenamente consciente de haber sido hechizada. Cada noche intentaba resistirse a él y cada vez que la tocaba intentaba esconder una parte de sí misma para mantenerla a salvo. Sin embargo, en aquella terraza con San Francisco a sus pies, se preguntó qué parte de ella habría quedado a salvo. ¿Cómo había permitido que sucediera? Aunque había mostrado obediencia ciega a su padre, movida por un sentido del deber y de obligación familiar, y por su desesperado amor por él a pesar de lo distante que se mostraba con ella, siempre había sabido que con Luc no debería comportarse del mismo modo. Pero allí estaba, pocas semanas después, vuelta del revés porque él lo había deseado.

¿Lo deseaba ella también? ¿Fingía resistirse a él cuando en el fondo le encantaba rendirse? ¿Acaso no era rendición sino la aceptación de un placer puro y sin adulterar que jamás se había permitido antes?

Sospechaba que podría haber una parte de verdad en esa reflexión, pero no le hizo caso.

«Algún día el hechizo se romperá», se dijo a sí misma. «Y cuando eso ocurra, ¿qué te quedará? Un matrimonio peligrosamente parecido a la relación que mantienes con tu padre. Una vida plenamente controlada por un hombre al que jamás deseaste ni elegiste».

Sin embargo, no estaba segura de que esa posibilidad le preocupara tanto como debía.

—Gabrielle.

Oír su nombre en boca de Luc la excitó de inmediato. Se volvió y lo vio junto a la puerta de la terraza. Completamente vestido de negro tenía un aspecto muy francés.

Luc fruncía el ceño, algo que ya no le daba miedo,

aunque tampoco significara que se hubiera vuelto inmune a él. En absoluto.

–Empieza a hacer frío –observó él–. Vas a resfriarte.

–Hace una tarde preciosa –sonrió ella sin moverse en un imperceptible gesto de rebeldía.

El ambiente pareció cambiar mientras la ciudad pasaba a la actividad nocturna. Los puentes y los edificios centelleaban con luces y ella sintió una extraña emoción en su interior. Quizás fuera eso lo que le provocaba tantas ganas de llorar, o quizás fuera la mirada en los ojos grises, como si la viera por primera vez.

–Estás preciosa –Luc avanzó hacia ella, le tomó una mano y se la llevó a los labios.

Hasta el más leve roce de sus labios le hacía estremecerse. Y él lo sabía.

«No es más que sexo», se dijo a sí misma, luchando contra la inmediata respuesta de su cuerpo. «Pura química. Nada más». No había magia, ni hechizos, ni brujería. No era más que un hombre, y ella jamás había explorado su pasión. Así de sencillo.

–Gracias –contestó Gabrielle en un susurro. Se había puesto un sencillo vestido negro y sujetado los cabellos en una cola de caballo.

–Te pido disculpas por abandonarte –él buscó su mirada, como si percibiera la lucha que ella creía haber ocultado–. Me temo que mis negocios no permiten que me tome vacaciones, por mucho que me gustaría.

Gabrielle sonrió automáticamente, aunque ya le conocía lo bastante como para sospechar que no eran los negocios, sino Luc, el que no permitía que hubiera tiempo libre. Sin embargo, se cuidó muy mucho de decir nada que implicara cierta intimidad. Debía guardarse algo o se quedaría sin nada. ¿Por qué le costaba tanto recordarlo?

–Estaba contemplando la puesta de sol sobre el Golden Gate –le explicó con una sonrisa. Sus perfectos modales relucían, y se aferró a ellos, decidida a sentirse tan serena como parecía–. ¿Cómo iba a sentirme abandonada?

Los ojos brillaban oscuros, sin rastro de verde, lo cual significaba que estaba alterada, como bien había aprendido Luc. No había ningún otro signo. La sonrisa perfecta, el cuerpo relajado. Aun así, la sentía distante. Y lo odiaba.

–Me alegra saber que una puesta de sol y una ciudad extranjera son un buen sustituto para mí –contestó secamente mirándola de cerca.

–¿Ha sido una broma? –ella levantó la vista y lo miró a los ojos divertida.

–Yo jamás bromeo –contestó él en el mismo tono provocándole una carcajada.

–¿Has terminado ya con el trabajo? –Gabrielle se apartó de él un poco más.

Fue un gesto sutil, quizás inconsciente, pero Luc lo percibió y frunció el ceño.

–En Europa debe de ser bastante tarde –insistió ella.

–He decidido dejarles dormir por esta noche –contestó él–. Pero sólo porque espero que trabajen el doble mañana por la mañana.

Gabrielle se cruzó de brazos y contempló la ciudad, lejana y preciosa.

Pero Luc no veía la ciudad, sólo la veía a ella. Deseó poder meterse en su mente para explorar sus secretos. Tenía un poder sobre él que jamás había tenido ninguna otra mujer. Quería conocerla de un modo que iba más allá de lo carnal.

Supuso que se debía a que era su esposa. Saber que permanecerían juntos el resto de sus vidas era motivo suficiente para mostrar un interés más profundo por ella, ¿no? Y como todo lo demás, se dijo, con el tiempo se le pasaría.

–¿Eres un buen jefe? –ella le sobresaltó con su pregunta–. ¿Les gustas?

–¿Gustarles? –preguntó él–. No lo había pensado. Me obedecen o son despedidos.

–Tomaré eso como un «no» –ella parecía divertirse.

–¿Así piensas gobernar tu país? –preguntó Luc–. ¿Como si fuera un concurso de popularidad? Dudo que resulte muy eficaz.

–Hay una pequeña diferencia entre temor y respeto –insistió ella, sin alterarse por el tono seco en la voz de Luc–. Un buen gobernante debería aspirar a lo segundo, ¿no?

–Eso es de una gran ingenuidad, Gabrielle –espetó Luc desdeñosamente–. Claro que sería maravilloso que mis empleados me adorasen, pero ¿qué más me da si no lo hacen? Mientras trabajen duro, rindan bien y permanezcan leales, serán recompensados. Si lo que quieren es recibir amor a cambio, quizás deberían adoptar a alguna mascota.

–¿No te importa en absoluto? –ella enarcó las cejas–. ¿No te importa que te odien, mientras cumplan tus órdenes? ¿Eso es lo único que exiges?

–Soy su jefe, Gabrielle –Luc, repentinamente a la defensiva, no entendía por qué había desarrollado ese interés por sus negocios–. No soy su amante.

–Yo tampoco soy tu amante –contestó ella con un cierto toque de ira en la voz y en la mirada–. No soy más que tu esposa. ¿Debería yo odiarte? ¿Temerte? ¿Acaso te importa mientras me limite a obedecerte?

–¿Te estás comparando con mis empleados? –preguntó él–. ¿Has perdido el juicio?

–Es que no veo ninguna diferencia –contestó ella con frialdad. El ligero toque de ira había desaparecido y de nuevo se la veía serena y relajada, como si hablara del tiempo. Incluso le sonrió–. Siempre es bueno saber qué posición ocupa uno.

Las palabras le recordaron otras muy similares que su padre había pronunciado en París, hablando de ella como si se tratara de un animal o un sirviente. No sabía por qué le molestaba tanto oírselo decir a ella.

Aun así, la agarró de los hombros y la atrajo hacia sí.

Gabrielle consintió sin ninguna objeción, inclinando la cabeza hacia él. Sin embargo, había una evidente distancia entre ellos, por cerca que estuvieran físicamente. Estaba demasiado relajada, demasiado dueña de sí misma. Demasiado serena.

Luc la deseaba irracional, descontrolada, salvaje. Tal y como se mostraba cuando estaba debajo de él o a horcajadas sobre él. En la cama, en el suelo, dondequiera que se celebraran los encuentros. Ella siempre lo mantenía a distancia y eso le ponía furioso.

–Te concederé cualquier capricho –le aseguró–, incluyendo esta absurda pelea que te has empeñado en mantener esta noche.

–¿Estamos peleándonos? –preguntó inocentemente–. Te pido disculpas. Sólo pretendía aclarar las cosas.

–Pero debo advertirte –continuó él como si ella no hubiese hablado– que yo tenía pensada una velada completamente distinta.

–¿En serio? –ella seguía serena, inalterable.

¿Por qué le irritaba tanto esa compostura si era justo eso lo que había buscado?

Luc hundió la mano en el bolsillo del pantalón y sacó una cajita que abrió ante sus ojos.

–Un pequeño presente –anunció con calma. Una inconfundible sensación lo agarrotó. La miró con rabia en un impulso que de inmediato lamentó–. Espero que lo apruebes.

Capítulo 12

S U VOZ ERA seca, formal. Incluso la miraba enfurecido, como si quisiera gritarle.

En otro hombre, Gabrielle lo habría calificado de timidez. Y no dejaba de resultar curioso que la reacción no se debiera a sus quejas, sino al hecho de entregarle un presente.

Gabrielle tragó con dificultad y contempló el anillo que desprendía un brillo capaz de rivalizar con las luces de la ciudad. Levantó la mirada y sintió un escalofrío.

Luc no se arrodilló, ni dijo palabras bonitas. Se limitó a mirarla fijamente. No era sólo el anillo, sino la forma de entregarlo. Una declaración indecisa para un matrimonio indeciso.

—La piedra perteneció a mi madre, pero he mandado rehacer el diseño original —Luc sacó el anillo de la cajita y tomó la mano de Gabrielle.

Ella llevaba puesto el anillo que él le había dado en la catedral el día de su boda, pero aquello era diferente, más profundo y emotivo. Quizás porque ya le conocía. Conocía su aroma, sus caricias, el timbre de su voz. Quizás porque ya no le resultaba un extraño.

Contuvo la respiración mientras él deslizaba el anillo en su dedo. Encajaba perfectamente, por supuesto y estiró los dedos para contemplarlo.

La piedra era un diamante, cortado de manera que

reflejara la luz desde cualquier ángulo, engastado sobre platino. Parecía hecho a propósito para su mano. Aunque tenía más joyas, las heredadas de su madre y las que formaban parte de la colección de joyas reales de Miravakia, ninguna le había emocionado tanto como ese anillo en particular, regalo de ese hombre en particular.

«No necesita hacerlo», se dijo. Ya estaban casados. Parecía un gesto tan... romántico.

Un concepto que no conseguía relacionar con Luc Garnier, el hombre más sensual, y menos romántico, del mundo.

—Es precioso —murmuró sin dejar de contemplarlo.

El mundo se había acallado, atrapándoles en una burbuja con ese anillo y unas insinuaciones que hacían vibrar el cuerpo de Gabrielle.

No entendía esa sensación que amenazaba con arrastrarla. Tenía miedo de mirar a Luc, miedo de sucumbir al calor que amenazaba con desbordarse en sus ojos del color del mar. Sin embargo, se obligó a hacerlo y sintió la fuerza gris que la quemaba de pies a cabeza.

La miraba con ferocidad. Exigente. Aun así, la intuición femenina de Gabrielle le decía que Luc se encontraba en su momento más vulnerable.

—Te queda muy bien —observó él con calma.

—Gracias —susurró ella incapaz de decir nada más, a pesar de las palabras que se agolpaban en su garganta. Extendió la temblorosa mano y la posó en la dura mejilla, acariciando el lugar en el que solía aparecer un hoyuelo en las raras ocasiones en que reía. Al mirarlo no le ocultó nada. Se mostró abierta y vulnerable. Más desnuda que nunca.

—El coche nos espera —murmuró él tras una pausa mientras depositaba un beso en la palma de su mano antes de enlazar sus dedos con los de ella y sonreírle de modo casi infantil.

«No necesita hacerlo...».

Luc se reclinó en el asiento trasero del coche y observó disimuladamente a Gabrielle que, de vez en cuando extendía la mano para contemplar el anillo, inclinándolo de modo que las luces de la ciudad se reflejaran en él. Pero en cuanto Luc dejaba de consultar su PDA, bajaba la mano. No quería que él la pillara mientras admiraba el anillo.

—Ha habido un cambio de planes —le informó.

—¿Te refieres a los planes para la cena? —preguntó ella con gesto sereno.

—No —Luc reprimió el impulso de hacer un comentario sarcástico en un intento de atravesar la máscara de contención que ella exhibía. Cada vez estaba más convencido de que sólo veía a la verdadera Gabrielle cuando estaban en la cama—. Esta noche vamos a Marin County, a un restaurante que te gustará. Una nueva visión de la cocina clásica francesa.

—Debe de ser bueno —ella mostró una sonrisa traviesa—. No sólo eres medio francés, sino medio parisino, ¿verdad? Tu paladar debe de ser aún más experto que el del francés medio.

—Efectivamente —reconoció Luc—. Es más, tengo entendido de que estoy por encima de la media incluso para un parisino.

—Pues compadezco al chef —bromeó ella.

Luc se sentía desgarrado. Por un lado deseaba que ella continuara mirándolo con ese brillo en los ojos. Pero, por otro lado, estaba tan poco acostumbrado a que le gastaran bromas que no sabía qué hacer, cómo responder. Y también había una parte de él que deseaba mostrarse dominante para que ella se le abriera y le enseñara sus secretos.

–Tenía pensado ir a Napa Valley mañana –le anunció olvidándose de sus sentimientos–. Tengo cierto interés en un viñedo, y es un lugar precioso. Pero me temo que los negocios me reclaman en Londres –se encogió de hombros–. Vamos a tener que marcharnos.

Gabrielle se quedó un rato en silencio. Luc recordó el día de la boda, y la primera noche tras encontrarla en Los Ángeles. Sus sentimientos le habían sobrecogido, a pesar de que los había escondido en público. ¿Desde cuándo había empezado a esconderlos también en la intimidad? No le gustaba la sensación de que se ocultaba de él.

–La última vez que estuve en Londres fue la primavera pasada –observó ella al fin, aunque estaba claro que no era lo único que quería decir–. ¿Vas a menudo?

–Bastante –asintió él.

–Lo pregunto porque, como bien sabrás, tengo una residencia allí –continuó Gabrielle–. Si quieres, podemos alojarnos en ella. No sé dónde sueles quedarte en Londres.

Luc recordó vagamente la casa de Belgravia, mencionada como parte de sus propiedades. Sin embargo estaba más interesado en su actitud fría y formal con él, aunque al menos había dejado de hablar sobre regresar a la casa de su amiga en Los Ángeles. ¿Significaba eso que había aceptado por fin el matrimonio tras el apasionado último mes?

–Creo que servirá –contestó él finalmente–. No sé hasta cuándo tendremos que quedarnos.

–Nos quedaremos el tiempo que quieras –ella le dedicó una de sus sonrisas profesionales como las que solía emplear con los desconocidos–. Llamaré al ama de llaves.

Resultaba irritante. La civilizada conversación le volvía loco. Luc deseaba llegar hasta el fondo, descubrir la verdad bajo tanta clase y sofisticación.

«¿Por qué no?», se preguntó. La mampara del coche les ocultaba por completo del chófer y las ventanas estaban tintadas–. ¿Por qué no?

–Quítate las bragas –le ordenó en el tono meloso que sabía la excitaría.

–¿Disculpa? –ella se quedó boquiabierta y el rubor tiñó sus mejillas traicionándola–. ¿Qué has dicho? –insistió con voz ronca.

–Da igual –murmuró él–. Lo haré yo.

Luc se giró hasta conseguir arrodillarse ante ella. Después separó las largas y bien torneadas piernas deslizando sus manos por ellas y besando una de las corvas.

–¿Qué... qué haces? –susurró ella.

–Puedes dejarte los zapatos puestos –le informó.

Estaba harto de máscaras, de corazas. Deseaba a la verdadera Gabrielle y sólo se le ocurría un modo de acceder a ella. Y si además conseguía alterar su compostura, tanto mejor.

Deslizó las manos por los delicados muslos hasta enganchar con firmeza las bragas que llevaba puestas. Mirándola a los ojos, las deslizó por las piernas y los zapatos mientras la observaba respirar entrecortadamente, aunque de sus labios no escapó ni una palabra. Apoyó una de las piernas sobre su hombro y deslizó su trasero hacia él inclinando el ardiente núcleo hacia su boca.

–¡Luc! –susurró ella desesperadamente–. ¡Luc, no puedes...!

Sin embargo, él lo hizo. Le besó la pantorrilla, la

corva y la sedosa piel de la cara interna del muslo. Y entonces se acomodó entre los muslos y le besó el ardiente y dulce centro que ya estaba húmedo, inflamado y preparado para recibirlo. La sentía tensa, con las manos enterradas entre sus negros cabellos y las piernas apoyadas en sus hombros.

Luc lamió el suave vello, deleitándose en el aroma, el sabor. Buscó el centro del deseo y lo introdujo suavemente en su boca. Una y otra vez hasta que ella se retorció, gimiendo palabras incoherentes que bien podrían haber sido su nombre.

Era la mujer en estado puro y más deliciosa que la mejor cocina parisina. Oyó sus gemidos y supo que no podría fingirlos. El cuerpo de Gabrielle se tensó y se estremeció y, con satisfacción supo que era algo que no podía ocultar tras la coraza de sus buenos modales.

Ella estalló arqueando la espalda y gritando su nombre. Aquello también era real.

Luc se irguió, acomodándola en el asiento junto a él. El único sonido que se oía era la respiración entrecortada de Gabrielle, pura música para sus oídos.

Era suya. No podía tolerar que le ocultara algo, que se ocultara. No lo permitiría.

Se inclinó hacia delante y recuperó las braguitas del suelo del coche. Gabrielle abrió los ojos, sus mejillas estaban rojas y su mirada reflejaba la pasión que acababa de experimentar. No necesitó preguntarle si le había resultado satisfactorio. Aún sentía el sabor de su clímax en la lengua.

Ella lo miró nerviosa y alargó una mano para recuperar sus braguitas.

–Me parece que no –él sonrió mientras, ante el gesto horrorizado de Gabrielle, se guardaba la prenda de seda color melocotón en el bolsillo del pantalón–. Disfrutaremos de la cena sabiendo que bajo la ropa estás desnuda.

Ella se quedó sin aire y a Luc le bastó un rápido vistazo para saber que estaba excitada y estupefacta a partes iguales, y que no sabía muy bien qué hacer.

Pero mientras pudiera interpretar sus gestos, mientras pudiera arrancarle la máscara que llevaba en público, no le importaba.

Capítulo 13

E N CUANTO Gabrielle fue presentada a los hermanos Federer, a quienes Luc intentaba desde hacía meses comprar una cadena hotelera repartida por Europa, los tuvo a todos comiendo de su mano. Luc no sabía si era por la elegancia natural de sus modales, la serenidad de su sutilmente sofisticado semblante, o una mezcla exclusivamente suya. Fuera lo que fuera, sabía cómo sacarle provecho. Tanto hombres como mujeres se mostraban relajados y sonrientes durante la comida celebrada en uno de los mejores restaurantes de Londres. Y todo, al parecer, sin esforzarse lo más mínimo.

Sus miradas se fundieron y él percibió con placer la cálida mirada que sabía iba destinada únicamente a él, llenándolo de una sensación de triunfo.

–Tu esposa es una joya –comentó el mayor de los hermanos Federer, y el más poderoso. No habría ningún trato sin la aprobación de Franz Federer, motivo por el cual Luc hizo caso omiso del modo en que miraba el cuerpo de Gabrielle–. ¿Quién hubiera creído que el infame Luc Garnier fuera a casarse?

A Luc le resultaba evidente que lo que sorprendía a ese hombre no era el hecho de que tuviera esposa, sino el que fuera esa esposa en particular. También era evidente que el calificativo de «infame Luc Garnier», no era precisamente un cumplido. Recordó las palabras de

Gabrielle sobre el temor frente al respeto y, por primera vez, se preguntó si no tendría algo de razón.

–Hasta las torres más altas caen –Luc se encogió de hombros.

–Afortunado el hombre que se casa con una princesa como la tuya –asintió Franz–. ¡Qué elegancia! ¡Cuánto refinamiento!

–Me considero afortunado por poder apreciar ambas cosas –contestó Luc con desagrado.

No lo entendía. Había buscado una esposa que provocara precisamente esa reacción en los demás, sobre todo en hombres como Franz Federer que aplicaba sus juicios morales sobre el matrimonio a los demás, pero nunca a él mismo. Tenía la mujer perfecta, la que había buscado. ¿Por qué tenía tantas ganas de darle un puñetazo?

–El matrimonio no es para los jóvenes –asintió Franz–, pero hace que un hombre siente la cabeza. Incluso un hombre de tu... categoría.

La afirmación no era nueva para Luc. «Categoría», era sinónimo de «reputación». Lo cierto era que los demás le temían por su carácter despiadado. No sabía comportarse de otro modo. Cuando quería algo: hoteles, tierras, empresas, Gabrielle... lo conseguía.

–Mi «categoría», me precede, ¿verdad? –preguntó Luc con dulzura. Decidió no sentirse insultado. Deseaba esos hoteles más que enseñarle buenos modales a Franz Federer.

No le quitó la vista de encima a Gabrielle que encandilaba a los hermanos más jóvenes y a sus esposas con las historias de su infancia en un palacio real no habilitado para niños.

–Y ni os cuento lo del jarrón de cristal de roca que casi destrocé un día mientras jugaba a los caballitos en el salón de las visitas –les decía mientras fingía un escalofrío–. Una obra de arte de valor incalculable. ¡Me habría muerto de vergüenza!

Hacía que pareciera una alocada aventura digna de Enid Blyton, cuando, si no se equivocaba, la infancia junto al rey Josef debía de haber sido cualquier cosa menos agradable. Luc sintió una punzada en el estómago al imaginarse a la niña, siempre encerrada en el *palazzo* con su hosco y exigente padre, y sospechó que no había habido tantas ocasiones para jugar a caballitos como su anécdota sugería. Sin embargo, su público se lo tragó con avidez y él mismo se sentía cautivado.

–No me importa admitir que hubo sospechas de que no fueras el más cualificado para comprar los hoteles de nuestra familia –continuó Franz reclamando la atención de Luc–. Y con todo ese asunto de la prensa... –sacudió la cabeza con fingido gesto de preocupación.

Luc sonrió aunque la profunda y eterna ira que nunca parecía poder controlar empezó a acumularse en su estómago. Odiaba a la prensa. Odiaba a Silvio Domenico y a sus babosos colegas. Odiaba que Gabrielle les hubiera arrojado a la locura de la prensa rosa, directamente a las garras de Silvio.

Sin embargo, ella no lo había planeado. Simplemente había huido aterrada. Si hubiera prestado más atención a su estado emocional durante la boda, podría haberse evitado todo el asunto. Se culpaba únicamente a sí mismo.

–Supongo que no te habrás creído lo que se publicó –protestó descuidadamente, como si no fuera con él–. Sólo publican ficción y fantasía.

–Cualquier hombre mínimamente civilizado debería sentirse espantado ante la proyección que tienen hoy en día –Franz sacudió la cabeza en un gesto que a Luc le pareció fingido–. Sólo saben de acosos y mentiras. Y aun así todo el mundo los lee.

–Son escoria –asintió Luc mientras hacía un gesto hacia Gabrielle–. Como puedes ver, contra todo pronóstico he alcanzado a mi novia a la fuga. Me pareció leer que estaba desolada. Pues a mí no me lo parece.

–Desde luego que no –admitió Franz, quizás demasiado entusiasta en opinión de Luc.

–Lo cierto es que celebramos nuestra luna de miel en Estados Unidos sin ningún incidente –Luc suspiró–. Ojalá pudiera contarte algún escándalo, pero no lo hubo. Me temo que mis escándalos sólo existen ya en la mente de los paparazis. Y no puedo decir que lo lamente.

–Creo que ejerce una buena influencia sobre ti –reflexionó Franz, como si Luc le hubiera pedido apoyo. ¡A un hombre que podría comprar y vender varias veces!

Apretó la mandíbula con fuerza para no responder. Su intuición le decía que el infernal acuerdo estaba a punto de cerrarse.

–Me gustaría creerlo –asintió, aunque no era algo que quisiera compartir con Federer.

–Pareces más centrado. Te sienta bien –insistió el hombre mayor.

¡Tendría valor! Como si tuvieran alguna relación íntima al margen de la avidez por su dinero... y quizás por su esposa.

–Es bueno para un hombre que se aproxima a la mediana edad –Franz sonrió–. Y será bueno también para nuestros hoteles.

–Me alegra oírlo –Luc le tendió la mano.

Franz se la estrechó y Luc sonrió. Una sonrisa sincera.

El trato estaba cerrado. Y se lo debía a su esposa.

Sus miradas se fundieron y el color tiñó de nuevo las delicadas mejillas. Luc no podía esperar para mostrarle su agradecimiento.

Después de la soleada California, Londres era como una bofetada fría y gris. Gabrielle se tapó la cabeza con el pañuelo de seda y corrió por Brompton Road hacia Harrods.

Una vez dentro, se quitó el pañuelo y lo sacudió. Menudo cambio después de los baños de sol que se había dado durante las semanas anteriores. Llevaba un ligero impermeable sobre un traje de Chanel color amarillo pastel, más adecuado para California que para Inglaterra. Además, había aterrizado en un charco del tamaño del Támesis en su camino hacia el centro comercial. Estaba empapada y tenía frío. Y no le importaba, porque la magia que Harrods ejercía sobre ella se activaba en cuanto atravesaba la puerta.

Recorrió los grandes almacenes que tan bien conocía consciente de comportarse como una turista cualquiera, pero era incapaz de sacudirse de encima el amor que sentía por esa institución británica y no dejaba de acudir en cada una de sus visitas a Londres.

—Pero si es la encantadora señora Garnier —sonó una maliciosa voz en italiano.

Gabrielle se sobresaltó y dejó caer al suelo los guantes de cuero que tenía en las manos. Reconoció al hombre de inmediato. Era el paparazi que tanto había enfurecido a Luc en Los Ángeles. Silvio.

El fotógrafo se acercó a ella. Apestaba a tabaco y Gabrielle tuvo que obligarse a no dar un paso atrás. Cualquier cosa que hiciera sería analizada y enjuiciada.

—Mis disculpas, Alteza, si la he interrumpido —con-

tinuó él con voz sugerente y mirada fría–. Parecía tan
triste. Tan sola...

–En absoluto –a Gabrielle le costó más de lo habitual producir su sonrisa profesional–. Soñaba despierta
y era muy feliz, le aseguro. Solía venir a menudo cuando
era niña –lo miró con curiosidad–. ¿Nos conocemos?

–Su marido no nos presentó cuando nos encontra-
mos en Los Ángeles –contestó él, acercándose aún más
a Gabrielle–. Estoy seguro de que recordará el incidente, a las puertas de un restaurante, pocos días después de que la persiguiera hasta los Estados Unidos.
Quizás tuviera algo que ocultar aquella noche, ¿no?

–¿Algo que ocultar? –repitió ella. Era evidente que
ese hombre odiaba a Luc–. Creo que le malinterpreta.
Mi marido es muy celoso de su intimidad y estábamos
de luna de miel.

–Las personas celosas de su intimidad no cenan durante su luna de miel en el Ivy, ¿verdad, Alteza? –contestó Silvio pegado al rostro de Gabrielle.

Ella se apartó, apoyándose en el mostrador que tenía
a su espalda.

–Al menos si buscan intimidad.

–Todavía no me ha dicho su nombre –Gabrielle intentaba ganar tiempo mientras hacía acopio de los buenos modales que le habían enseñado–. Me temo que estoy en desventaja.

–Me llamo Silvio Domenico –se presentó–. Me da
lástima.

–No imagino por qué –espetó ella–. Pero debe dis-
culparme, tengo muchas...

–No creo que quiera huir todavía –le interrumpió el
odioso hombre con una sonrisa que heló la sangre de
Gabrielle–. No si pretende que la vida privada de su esposo siga siéndolo.

–¿De qué demonios me está hablando? –ella dejó escapar un gesto de impaciencia.

–Resulta que la última amante de Luc no era todo lo discreta que debería haber sido –Silvio no ocultaba lo encantado que estaba–. Luc es famoso por sus acuerdos confidenciales, ¿verdad? No hay revolcón con Luc Garnier sin una promesa previa de no abrir la boca. Ésa es la regla. Y él las obliga a firmar a todas –esperó una reacción por parte de ella.

Pero Gabrielle se negó a ofrecérsela, por poco que le apeteciera oír hablar de las mujeres que hubiera habido antes que ella, y mucho menos de los documentos que Luc les hubiera hecho firmar, y que dudaba fuera cierto. ¿Quién se atrevería a vender a Luc a la prensa?

–Pues a mí me parece bastante lógico dado que usted y sus colegas se dedican a perseguirle por todo el mundo en busca de cualquier detalle jugoso –contestó secamente.

–Lo que me sorprende es que haya siempre tantas disponibles –Silvio empleó su agudo y desagradable tono de voz–. No le veo el atractivo –al ver la expresión furiosa de Gabrielle, soltó una carcajada–. ¿Usted también? Pensaba que la había comprado.

–Esta conversación ha terminado –contestó Gabrielle con frialdad mientras se daba media vuelta. Sin embargo, la mano del periodista se lo impidió. ¿Cómo se atrevía a tocarla?–. ¡Retire su mano ahora mismo!

–Supongo que conocerá la historia de La Rosalinda... –continuó Silvio, soltándole el brazo–. ¡Menudo revuelo se armó en Italia cuando Luc se deshizo de ella!

Rosalinda Jaccino era una actriz italiana, famosa en todo el mundo por su belleza, y por ser la última ex amante de Luc. Lo que menos le apetecía a Gabrielle era oír lo que ese sapo tuviera que contarle. Y tampoco le apetecía imaginársela en la cama con su marido.

«Esas imágenes no te ayudarán», se dijo. Si Luc hubiera querido casarse con La Rosalinda, lo habría hecho. Sin embargo había buscado por todo el mundo, y la había escogido a ella.

No era el momento de reflexionar sobre su matrimonio. Estaba atrapada en la sección de artículos de cuero de Harrods y no quería provocar una escena, aunque sabía que Silvio no descansaría hasta contarle lo que había ido a decirle.

—¿Qué es lo que quiere? —preguntó haciendo acopio de paciencia.

—No se trata de lo que yo quiera —puntualizó Silvio—, sino de lo que yo creo que querrá usted en cuando sepa lo que yo sé sobre La Rosalinda y su esposo.

—Supongo que no habrá venido a hablarme de las anteriores amantes de mi esposo —Gabrielle intentó parecer lo más digna posible—. Debo confesarle que no me interesan —se encogió de hombros—. Y aunque esta conversación ha sido encantadora, debo...

—No intente deshacerse de mí, Alteza —la voz del fotógrafo se volvió fría, muy británica—. No creo que pueda andar por ahí con tanta altivez si voy a la prensa con lo que tengo.

—¿Y exactamente qué tiene? —preguntó Gabrielle. Tenía un inquietante presagio.

—Tengo una cinta —él rió tan cerca que ella pudo oler su aliento a tabaco—. Bueno, no es exactamente una cinta. Es algo más digital, aunque el resultado es el mismo, ¿verdad?

—¿Una cinta? —masculló Gabrielle entre dientes, incapaz de ocultar la ansiedad en su voz.

—Su marido —él saboreó el momento—, y La Rosalinda. La dama a la que le gusta filmarse cuando está en la cama. Y permítame felicitarla, Alteza, su marido desde luego sabe lo que hace –emitió un silbido lobuno–. Créame, es la estrella de la película.

–No sea absurdo –contestó ella con frialdad–. Luc jamás permitiría que lo filmaran, y mucho menos en tales circunstancias.

–¿Quién ha dicho que le pidió permiso? –Silvio hizo una mueca.

Gabrielle pestañeó perpleja.

Aquello no podía estar sucediendo.

–¿Por qué me lo cuenta? –consiguió preguntar, aunque en realidad estaba pensando que aquello mataría a Luc.

–A no ser que quiera ver mañana en televisión la película de su recién estrenado marido y su ex, será mejor que cuide más su lenguaje cuando se dirija a mí –siseó Silvio.

¡Qué odioso hombrecillo!

–¿Qué quiere? –espetó Gabrielle cerrando los puños con fuerza.

–Reúnase conmigo otra vez aquí mañana –anunció Silvio–. Venga con diez mil libras, y le entregaré la cinta –rió–. Si le acompaña alguien, o si se lo dice a Luc, venderé la cinta al mayor postor y podrá verla junto con el resto del mundo. ¿Trato hecho?

Capítulo 14

ESTÁS MUY callada –observó Luc mientras los platos de la cena eran retirados de la mesa. Gabrielle se sintió taladrada por los ojos grises y temió que él pudiera leer en su interior. Estaba cautivada por su mirada. Era demasiado viril, demasiado masculina. La chaqueta que llevaba puesta había sido cortada a medida para resaltar la anchura de sus hombros. La rígida boca se curvó ligeramente, casi afectuosamente, un término que hasta hacía poco no le habría aplicado jamás. El gran comedor del Ritz de Londres pareció esfumarse y se preguntó si siempre sería así con él, si siempre atraería su atención y apagaría la luz y el color del resto del mundo.

–Creo que echo de menos el sol –tuvo que hacer un esfuerzo por mantener la ligereza habitual en su tono de voz–. Aunque este salón se le aproxima bastante –señaló con la mano los centelleantes candelabros y la tapicería de los muebles que conferían un brillo dorado al restaurante del famoso hotel–. Casi parece el sol.

Sabía que debía contárselo. Debería haberle llamado en cuanto se alejó del horrible fotógrafo. Debería habérselo dicho mientras se vestían para la cena. Había tenido innumerables ocasiones para hacerlo durante el trayecto desde su casa de Belgravia hasta el Ritz. Durante la cena no habían parado de hablar, incluso habían mencionado brevemente su pasado con los paparazis.

Pero cada vez que abría la boca para contarle a Luc lo que Silvio había insinuado y exigido, se sentía incapaz de hacerlo. Le haría sufrir demasiado. No sabía cómo explicarle que sus peores temores estaban a punto de hacerse realidad. ¿Por eso la había perseguido con tal rabia hasta Los Ángeles? Luc haría cualquier cosa para evitar la prensa amarilla y ella se dio cuenta de que el temor que había sentido por su marido había dado paso a una obsesión por no hacerle daño.

La idea le sobresaltó. ¿Cuándo había llegado a la conclusión de que no soportaba hacerle daño? ¿Cuándo había llegado a comprenderle tan bien?

—Sol en Londres rodeado de lluvia y frío —observó Luc secamente aunque con cierta ternura en su mirada—. Creo que eres más romántica de lo que das a entender, Gabrielle.

—¿Romántica? —ella sonrió—. ¡Imposible! No hay ni un solo hueso romántico en mi cuerpo. Mi padre lo prohibió expresamente.

—¿Apostamos algo?

Ella lo miró perpleja mientras Luc se ponía en pie y le ofrecía su mano. De repente comprendió y soltó una carcajada.

—¿Quieres que bailemos? —preguntó—. ¿Aquí?

Algunas parejas elegantemente vestidas empezaban a bailar al son de la orquesta, pero a Gabrielle le resultó imposible imaginárselos a ellos dos en medio de la multitud. Era tan poco... práctico, e impropio de Luc.

—¿Por qué no? —preguntó él mientras la miraba con expresión divertida.

—A lo mejor no soy yo la romántica aquí —murmuró Gabrielle mientras aceptaba su mano.

La última y única vez que había bailado con su esposo había sido el día de la boda, pero había bloqueado esa experiencia tras el caos que había seguido. Intentó recordar los detalles y rememoró la sensación de sentirse atrapada contra el inquebrantable muro de su ancho pecho.

En aquellos momentos se sentía totalmente diferente. Tenía un nudo en la garganta y echó la cabeza atrás para poder mirar el duro e inaccesible rostro que le resultaba más querido y necesario que las montañas de su infancia.

–La última vez que bailamos fue durante nuestra boda –observó con voz ronca.

–Lo recuerdo –asintió él–. Y te recuerdo que, como era mi deber, yo permanecí allí.

–Lo que yo recuerdo –ella sonrió haciendo caso omiso de la indirecta– es que me aleccionaste sobre las esposas políticamente convenientes, aunque creo que intentabas asegurarte mi sumisión a través del miedo.

–Pues fracasé –musitó Luc–. Lo que hice fue empujarte a una carrera por medio mundo.

–En tu próxima boda –Gabrielle se concentró en su parte bromista, dejando a un lado la otra que lo deseaba desesperadamente–, podrías ofrecerle a tu esposa simplemente unas sugerencias –al ver que Luc entornaba los ojos, continuó sin pausa–: Porque eres un perfeccionista y seguro que querrás mejorarlo la próxima vez.

–Cuidado, Gabrielle –le advirtió él con expresión severa.

Gabrielle no sabía si la objeción se debía a la broma o a la idea de una segunda esposa, y optó por lo segundo, al recordar las reacciones airadas que había mostrado Luc anteriormente ante la mención de poner fin a su matrimonio.

–Vamos –sonrió ella con dulzura–. Ya somos mayorcitos y aguantamos una broma, ¿no?

–Prefiero las bromas en privado –susurró él–. Suelen acabar mucho mejor.

De eso no había duda. Gabrielle casi podía sentir la boca de Luc sobre su piel, piel contra piel, la ardiente y enorme masculinidad introduciéndose profundamente en su interior. Y todo ello lo pensaba mientras bailaba impecablemente el vals. Soltó una carcajada.

–No me provoques –le sugirió él aunque en su mirada bailaba una sonrisa–, a menos que estés a mi altura.

Ella era consciente de ser la única receptora de sus provocaciones. Luc desconocía el significado de la palabra «amable». Él no seducía, atacaba. Todo en él, desde su porte al andar hasta su manera de dirigir los negocios o su matrimonio, era lo mismo. Era una imparable fuerza de la naturaleza y no sabía comportarse de otro modo.

Y en ese preciso momento se hizo evidente. La verdad la golpeó como un tren a toda máquina. Sintió la sangre abandonar su rostro y sus extremidades. Tenía el estómago agarrotado. Un terremoto no la habría sacudido con más fuerza.

–¿Qué te pasa? –Luc frunció el ceño–. Parece que hubieras visto un fantasma.

–No, no –murmuró ella escondiendo el rostro en su pecho. Por primera vez en su vida era incapaz de producir su famosa sonrisa–. Estoy bien.

Estaba enamorada de su esposo. Total y desesperadamente enamorada de él.

«Pues claro», se dijo al hacerse evidente. «Pues claro».

¿Cómo había podido malinterpretarlo y confundirlo con otra cosa?

–Mírame –le ordenó él.

Ella obedeció aturdida y permitió que la feroz mirada gris la atravesara, sabiendo al fin que no sentía terror, sino una profunda euforia. Intensa, verdadera. Amor.

Lo amaba.

—Estoy bien —insistió ella, sonriendo al fin—. Te lo aseguro.

—¿Necesitas sentarte? —Luc empezó a empujarla hacia la mesa.

—No —ella se lo impidió apoyando las manos contra su fuerte pecho—. Quiero bailar. Por favor. Creo que estoy un poco cansada, nada más.

Gabrielle luchó contra las lágrimas que amenazaban con aflorar a sus ojos. Se sentía demasiado emotiva, desbordada por unas emociones que se había negado a sí misma durante mucho tiempo.

Luc escrutó su rostro mientras disminuía el ritmo del baile y la atraía hacia sí.

—Si te mareas, dímelo —le ordenó—. No sé leer la mente, Gabrielle.

—Desde luego que no —murmuró ella.

Lo amaba.

Su cuerpo lo había sabido desde el primer instante al verlo ante el altar de la catedral. Se había sentido sobrecogida y lo había deseado de inmediato. A pesar de ser un desconocido, y tan aterrador, su cuerpo lo había sabido desde el principio. Incluso mientras huía o se escondía, mientras intentaba convencerse de que le sucedía algo.

Lo había interpretado como debilidad, preocupada por volverse loca, pero él la había encontrado y no sólo le había dado la bienvenida a su vida, lo deseaba. Y, sobre todo, quería protegerlo.

No podía hablarle de Silvio. Haría lo que tenía que hacer y se aseguraría de que Luc jamás tuviera conocimiento de la cinta. Le protegería de aquello que más odiaba y lo amaría desesperadamente hasta el fin de sus días. Diez mil libras eran un precio pequeño a pagar. Pagaría el doble para alejarle del dolor.

–Y ahora, sonríe –exigió él–. Pero quiero una sonrisa de verdad.

–Llévame a casa –contestó ella con una amplia sonrisa–. Creo que empiezan a interesarme esas bromas privadas tuyas.

En cuanto cerraron la puerta del dormitorio, Gabrielle le dedicó a Luc una de esas sonrisas que lo excitaban y le encendían el deseo.

–Me toca –dijo ella.

–Desde luego –asintió Luc mientras se quitaba la corbata y se desabrochaba el primer botón de la camisa. En su estado, accedería a cualquier cosa. No podía apartar sus ojos de Gabrielle. Estaba radiante.

–Eres tan complaciente –los ojos del color del mar resplandecían.

–Esta noche estás diferente –observó él mientras la veía acercarse con su precioso vestido negro que le había fascinado toda la velada. Se sentía hechizado por las ondulantes caderas, los labios carnosos, el fuego en sus ojos.

Gabrielle no habló, se limitó a sonreír mientras avanzaba hacia él y apoyaba las manos en su cuerpo, arrancándole una sonrisa de satisfacción y un gruñido mientras ella le ayudaba a quitarse la chaqueta.

A continuación, atrapó su labio inferior con la boca, provocándole una sacudida de asombro y deseo.

–*Che cosa desideri?* –preguntó con voz ronca–. ¿Qué deseas?

—A ti —susurró ella con emoción—. Sólo a ti.

—Ya me tienes —contestó él mientras la tumbaba de espaldas sobre la enorme cama—. No tienes más que pedirlo.

—No te lo estoy pidiendo —ella lo miró con ojos traviesos—. Esta noche te lo ordeno.

—¿En serio? —él disfrutaba con su osadía.

—Ya sé que no te gusta que te manden —Gabrielle pestañeó con coquetería—. Quiero que me desnudes.

—Pues va a resultar que no me importa que me manden tanto como pensaba —Luc sonrió—. Hay ciertas cosas que puedes ordenarme cuando quieras.

Luc bajó la cremallera lentamente antes de deslizar el vestido por su cuerpo.

—Tus deseos son órdenes —susurró mientras le besaba el cuello. Olía a flores y especias, encendiendo una chispa de deseo en su entrepierna.

Gabrielle se dio la vuelta en sus brazos y lo besó en la boca. Era ardiente, embriagadora y dulcemente adictiva. Luc le deshizo lo que quedaba del elegante moño y la atrajo hacia sí, sintiendo los duros pezones contra su piel. Llenó sus manos con las deliciosas curvas de su trasero empujándola contra su palpitante erección.

Intrigado por la nueva determinación en el bonito rostro, le permitió empujarlo de espaldas contra el colchón. Si ése era el aspecto que tenía cuando le dejaba tomar la iniciativa, iba a hacerlo más a menudo.

Muy lentamente, y sin despegar los ojos de los suyos, Gabrielle se quitó el sujetador. Los pechos gemelos reclamaban las caricias de Luc que no podía hacer otra cosa que deleitarse con la visión, tan cerca y tan inalcanzable. Después se inclinó hacia delante y se quitó las braguitas.

Luc se moría de ganas de enterrarse en ella. Sus manos ardían por la necesidad de tocarla. Pero ella se limitó a quedarse quieta durante lo que pareció una eternidad.

Y justo cuando empezaba a terminársele la paciencia, ella deslizó las manos por sus piernas hasta alcanzar la cinturilla del pantalón. Los cabellos color miel le acariciaban el estómago, seduciéndolo, excitándolo, volviéndole loco lenta y dulcemente.

Gabrielle se inclinó sobre él y empezó a quitarle los pantalones con más empeño que habilidad. Al alcanzar la palpitante dureza, dejó escapar un suspiro antes de tomarla en sus manos sopesándola contra las palmas.

Luc tuvo que cerrar los ojos y apretar los dientes para no perder el control.

—¡Para! —le ordenó al ver que la femenina boca se acercaba peligrosamente a su sexo.

Luc se incorporó y la apartó de él mientras el corazón galopaba en su pecho. Se quitó los pantalones y los calzoncillos sin soltar a Gabrielle. Era la criatura más deliciosa que hubiera visto jamás.

Y si no se introducía dentro de ella de inmediato, podría acabar matándola y matándose.

—Ya te dije... —empezó ella.

—No tengo tanta capacidad de control —masculló él—. Sólo soy un hombre, Gabrielle.

—¿Nada más? ¿Estás seguro? —ella rió maliciosamente mientras lo miraba con una mezcla de pasión y algo más que él no supo identificar—. Creo que no confías en mí.

Gabrielle no le dio ninguna oportunidad para responderle. Se colocó a horcajadas sobre él durante un desesperante momento sobre él. Aquello era una tortura.

—Gabrielle... —consiguió mascullar Luc entre dientes.

Y entonces ella se dejó caer, enterrando su sexo profundamente en su interior.

Luc le apartó los cabellos del rostro y la atrajo hacia sí mientras sus caderas iniciaban ese delicioso y enloquecedor vaivén, tan típico de ella. La besó una y otra vez antes de soltarla y contemplarla erguirse como una especie de diosa. Ella cabalgó sobre él, con un abandono y una intensidad jamás vista, hasta que ambos jadearon y gimieron.

Gabrielle susurró algo ininteligible antes de llevarlos a ambos a la cima.

Capítulo 15

LUC no tenía intención alguna de jugar a los demenciales juegos de Silvio Domenico.

Había recibido la llamada del paparazi a las diez y media de la mañana y le había explicado al muy cerdo lo que podía hacer con sus mentiras y rumores.

Y sin embargo, una hora más tarde entraba en los almacenes Harrods.

Estaba furioso consigo mismo. No se imaginaba a Gabrielle haciendo las cosas que Silvio afirmaba que había hecho. Era absurdo. Gabrielle, que no sentía el menor interés por la prensa, ¿vendiéndole a Silvio fotos comprometedoras de ambos? Era para morirse de risa.

Aun así, había acudido a la cita.

Tras abandonar bruscamente una reunión de negocios había tomado un taxi, en lugar de su propio coche, sólo para confirmar lo que ya sabía era una mentira.

Conocía a Silvio. Sabía cómo se las gastaba. Y le enfurecía que ese pedazo de escoria hubiera osado mencionar el nombre de su esposa.

Su esposa.

Gabrielle lo había sorprendido la noche anterior con su pasión, abandono y osadía. Sólo con recordarlo se excitaba. Había hecho el amor con una intensidad que escapaba a su comprensión, y él había respondido plenamente, ¿cómo no hacerlo? Ella lo había hechizado, no había otra explicación posible. La había elegido porque cumplía con su lista de requisitos, pero no había esperado sentir ese deseo insaciable por ella.

¿Por eso había decidido acudir a la cita? El deseo le hacía sentirse incómodo, ya que no disminuía lo más mínimo. En realidad no había hecho más que aumentar desde el primer día. Apenas se reconocía cuando estaba junto a ella. Era como si se hubiera olvidado de sí mismo. Deseaba... deseaba cosas que era incapaz de nombrar.

Le habría preocupado de no haber estado tan obsesionado con ella.

Esa obsesión era lo que le había conducido a la cita. Presenciaría la charada de Silvio y luego se aseguraría de que esa basura jamás volviera a nombrar a Gabrielle.

Llegó al lugar acordado y miró a su alrededor en busca de algún fotógrafo. ¿Por qué lo hacía? ¿Qué podría mostrarle Silvio que le importara lo más mínimo?

–Debo contarte la verdad sobre tu esposa, amigo mío –le había dicho–. Por mucho dolor que me cause, ¿comprendes? –la risa se había transformado en un ataque de tos.

–¿Cómo has conseguido este número? –había preguntado Luc con desprecio.

–¿Acaso importa? –otra arrogante carcajada había acompañado a la pregunta de Silvio.

–Voy a colgar –había amenazado Luc–. Y luego haré que te arresten por acoso...

–Ella vino a mí con unas fotos –le había interrumpido Silvio disfrutando visiblemente–. Un recuerdo de vuestra luna de miel. Qué orgulloso debes de sentirte. Por lo visto tus... atributos son impresionantes.

–¿Esperas que crea que mi esposa quiere venderte unas fotos?

–Guárdatelo para tu adorada esposa –le había provocado Silvio–. ¿Por qué no iba a querer ganarse un dinerillo como todo el mundo? Has tenido suerte de que acudiera a mí. Cualquier otro lo habría mostrado en el telediario de la noche.

Luc sacudió la cabeza. Su impresión inicial había sido la correcta. Acudir a la cita había sido un error porque era seguirle el juego a Silvio. Gabrielle jamás haría una cosa así y desde luego jamás se asociaría con alguien como Silvio.

Era mucho más probable que en esos momentos fuera el propio Silvio quien le estuviera haciendo fotos para luego vender la absurda historia de que estaba esperando a su amante, o algo peor. Drogas. Criminales. ¿Quién sabía lo bajo que podría caer?

Era mucho más que un cerdo.

Luc estaba enfadado consigo mismo.

Pero eso había sido antes de verla.

Gabrielle entró en el vestíbulo de Harrods, miró a su alrededor y se dirigió hacia un extremo. Iba muy elegante, vestida de blanco. Se movía como la reina que sería un día. ¿Qué hacía allí?

Luc lo sabía. No se lo podía creer, pero lo sabía.

Una figura salió de entre las sombras y fue a su encuentro. Silvio.

Aquello sólo duró unos instantes. Gabrielle le entregó un sobre y agarró el que Silvio le ofrecía. Intercambiaron unas breves palabras antes de que ella se diera media vuelta y se alejara sin siquiera mirar a su alrededor. Sin tener ni idea de que Luc estaba allí.

Silvio miró en la dirección de Luc y se encogió de hombros con una arrogante sonrisa.

Pero Luc apenas lo percibió. Algo acababa de soltarse en su interior, algo afilado y peligroso que se movía sigiloso. Había vuelto a suceder. Tal y como cuando era niño. La locura de las mentiras, la especulación, la suciedad que lo impregnaría por asociaciones y lo acompañaría como una nube de tormenta.

Y en aquella ocasión era ella la culpable. No sus padres, sino Gabrielle. La mujer que había elegido porque jamás haría una cosa así.

No debería haber confiado en su imagen pública, la que le había convencido para casarse con ella, la que le había traicionado incluso después de perseguirla por medio mundo. Era igual que su madre, ¿no lo había sabido desde el principio? Cuanto más hermosas eran, más traicioneras. ¿No lo había sabido desde niño?

Hasta verla entrar en Harrods no se había dado cuenta de cuánto había esperado, necesitado, que no tuviera nada que ver con la pequeña pantomima de Silvio. Hasta verle traicionarlo no se había dado cuenta de lo mucho que había confiado en ella.

De lo mucho que sentía, por mucho que hubiera deseado no sentir.

Y jamás se le había ocurrido que su corazón le dolería como una herida abierta que jamás fuera a sanar.

En cuanto Gabrielle volvió a su casa y vio a Luc supo que algo iba mal.

Luc estaba sentado junto a la enorme chimenea con las largas y fuertes piernas extendidas y los brazos apoyados sobre el respaldo del sofá. Llevaba un jersey color carbón que resaltaba los atléticos músculos del torso, y unos pantalones oscuros y ceñidos que marcaban su fuerza y su poder. Tenía un aspecto fabuloso, como siempre, y su posición denotaba relajación. Pero Gabrielle se puso tensa. Sentía la rigidez que emanaba de él. Su mirada, fría y oscura, parecía más negra que gris y la contemplaba fijamente, provocándole un escalofrío en la columna.

Hacía mucho que no veía esa mirada. No desde la noche en que había aparecido en California. Y ni siquiera entonces le había parecido tan hostil. Le sorprendió descubrir que aún era capaz de provocarle un estremecimiento con una simple mirada.

–¿Ha pasado algo? –preguntó acercándose a él y sentándose en el sillón frente al sofá.

Con una simple mirada, Luc consiguió que la estancia se llenara de un mal presentimiento. El rostro aparecía hermético, de piedra y hierro, y de nuevo era el desconocido que la había abrumado al principio.

Gabrielle fue consciente de lo mucho que había cambiado, de lo mucho que se había abierto, de lo cálido y abordable que se había vuelto... hasta ese momento.

–¿Has pasado un buen día? –susurró él, aunque su voz denotaba que había algo más.

–Sí, gracias –contestó ella automáticamente, su educación tomó el mando a pesar de la confusión que sentía–. Me reuní con unas viejas amigas para comer. ¿Y tú?

¡Qué absurdamente formal! Gabrielle se sentía ridícula. Y cuando Luc hizo una mueca, de evidente burla, la sensación se intensificó. De inmediato se sintió ruborizar.

–Yo también he visto a una especie de viejo amigo –murmuró él mientras se inclinaba hacia delante y su mirada parecía abofetearla–. Cuéntame, Gabrielle, y por favor dime la verdad, si es que puedes, ¿dónde están?

–¿Mis amigas? –preguntó ella–. En realidad son primas lejanas. Nos reunimos en Chelsea...

–No me refiero a tus amigas.

La voz de Luc podría haber atravesado el acero y ella casi se estremeció antes de obligarse a conservar la calma, a seguir hablando.

−¿Por qué no me cuentas qué ha pasado? −insistió−. Pareces tan, tan... −se interrumpió. ¿Qué podía decir? «Pareces tan frío y distante como antes de que supiera que estaba enamorada de ti. Como antes de que creyera que este matrimonio podría funcionar».

−No deberías preocuparte tanto por mi aspecto −espetó él conteniendo visiblemente la ira que desearía poder soltar−, y sí en cambio por lo que estoy a punto de hacer.

Gabrielle parpadeó. Aquello era toda una amenaza, pero ¿por qué? ¿Qué pensaba que había hecho? Pensó en el repugnante Silvio y su encuentro en Harrods, pero, aunque Luc hubiera tenido conocimiento del mismo, ¿por qué descargar su ira sobre ella? Ella, precisamente, era la parte inocente de todo ese lío.

−No sé a qué te refieres −ella juntó las manos sobre el regazo y se irguió todo lo que pudo. Esperaría a que le contara lo que tuviera que decirle. No permitiría que la destrozara en una confrontación directa. Él era así, no podía evitarlo. Con el tiempo cambiaría y, hasta entonces, ella capearía el temporal.

−¿Te has creído que tus modales te ayudarán? −preguntó él mientras la taladraba con la mirada−. ¿Acaso creías que iba a engañarme?

−Luc, por favor.

Ella intentó descifrar su rostro, pero el Luc que había llegado a conocer había desaparecido y en su lugar había una criatura de granito y hielo, tan desconocido como el día de su boda. El corazón empezó a latir presa del pánico. «Nadie dijo que capear el temporal resultaría agradable», pensó.

–No puedo defenderme si no sé de qué estás hablando.

–¿Dónde están? –tronó él.

–No sé a qué...

–Las fotos –exclamó furioso.

–¿Fotos? –¿se había vuelto loco? No tenía ni idea de qué estaba hablando–. ¿Qué fotos?

Luc se puso en pie de un salto y Gabrielle sintió un nudo en la garganta, pero él no hizo ademán de tocarla, de lo cual ella no sabía si se alegraba o se lamentaba. Se limitó a caminar por la estancia como un animal salvaje y elegante, poseedor de una energía letal. Ella también se puso en pie en un intento de no perderlo de vista, tal y como haría una presa en presencia de un tal depredador.

–La cámara debía de ser automática –continuó él en tono bajo, aunque cargado de tensión–. No interviniste en las reservas de los hoteles, luego sólo dispusiste de unos minutos para prepararlo todo. Pero no encuentro el maldito aparato, ni las malditas fotos –se volvió hacia ella–. Aunque ya has conseguido lo que querías, ¿verdad? La rebelión final contra tu padre... contra mí, gracias a unas cuantas fotos.

–Luc –ella susurró su nombre–. Lo que dices no tiene ningún sentido.

Luc inclinó la cabeza hacia un lado en un gesto arrogante de desafío mientras sus ojos desprendían fuego, un fuego dirigido contra ella. Gabrielle sintió que le faltaba el aliento.

–¿De verdad? –preguntó él, demasiado tranquilo, mascullando cada palabra–. Permíteme decirte lo que no tiene sentido para mí. El dinero. ¿Para qué lo necesitas? Tienes el tuyo. Y aunque no lo tuvieras...

–¿Dinero? –Gabrielle sacudió la cabeza–. ¿Crees

que me puede motivar el dinero? Como si estuviera desesperada...

—Y aunque no lo tuvieras —Luc continuó sin hacerle
caso—, yo tengo dinero de sobra para que puedas mantener el estilo de vida que desees. ¿Qué otra cosa podría
motivarte? ¿No eres lo bastante famosa? ¿No te han fo-
tografiado bastante ya? ¿Aspiras a compartir el rango
de las estrellas de poca monta que no tienen orgullo ni
un lugar más bajo al que caer? ¡Cuéntamelo! —rugió
mientras se acercaba a ella aunque se mantuvo a cierta
distancia.

Como si temiera tocarla, comprendió ella estupefacta. ¿Tenía miedo de hacerle daño? ¿Quería hacér-
selo? O, al igual que ella, ¿temía que, si se tocaban, toda
la ira desaparecería en un instante sustituida por el deseo que sentían el uno por el otro?

—No tengo ningún deseo de ser nada de eso —contestó ella suavemente.

—Al principio sólo pensé en destrozarte —confesó
Luc con una voz casi afectuosa, aunque sus ojos emi-
tían un peligroso destello—. Arrojarte a la calle y acabar
con esta farsa. Pero no le encuentro ningún sentido, Gabrielle.

—Pero ¿qué crees que he hecho? —preguntó ella muy
quieta, incapaz de moverse.

—No lo creo, lo sé —contestó él con amargura—. Sin
embargo eras virgen, eso no pudiste fingirlo —soltó una
especie de risa—. Lo que no sé es por qué equiparo la
virginidad al honor. Al final sigues siendo una mujer,
¿no? Quizás lo planeaste desde el principio.

Gabrielle se quedó lívida ante el tono de voz de Luc
y sacudió la cabeza. Intentó recordar algún suceso que
pudiera haberle alterado así, pero no se le ocurrió nada.

Salvo su encuentro con Silvio.

–Hay algo que no te he contado –intentó conservar la calma, o al menos parecer calmada–. Pero aunque lo hubieras descubierto, no entiendo cómo podría ser la causa de tu enfado. Pensé que hacía lo correcto.

–¿En serio? –él parecía sólo ligeramente interesado, aunque Gabrielle sabía que ante ella tenía al Luc más letal.

–Sí –contestó. Su confusión empezaba a desaparecer, sustituida por una rabia que la inundaba. ¿Cómo se atrevía a hablarle de ese modo? ¿Acaso había fingido todo el tiempo?

–¿Llamas a eso hacer lo correcto? –insistió él en tono sardónico–. ¿Y me lo dices a la cara?

–Por supuesto –ella alzó la barbilla. Sentía un irrefrenable deseo de abofetearlo, algo que no le había sucedido jamás.

Por ella podía irse al infierno, con su ira, su frialdad y ese demencial interrogatorio, como si fuera un criminal. ¿Quién se había creído que era? Y lo que más rabia le daba era lo enamorada que estaba de él.

–Por supuesto que sí –Gabrielle apretó los puños con fuerza y enarcó las cejas en un gesto desafiante–. ¿Por qué si no iba a reunirme con Silvio?

Capítulo 16

D E MODO que lo admites! –Luc no podía creérselo. ¡Estaba justificando su actitud!–. ¿Ni siquiera te molestas en mentir para protegerte? ¡Lo confiesas tan tranquila!

–Es que no sé qué quieres que te diga –ella lo miró con gesto sombrío y se cruzó de brazos–. ¿Para qué seguir con este juego? Si ya lo sabías, ¿por qué no me lo has preguntado sin más?

–¿Así reaccionas? –Luc estaba tan enfadado que la sangre golpeaba con fuerza en su sien. Las sospechas de que todo había sido planeado desde el principio, desde antes de su huida, se hizo más patente–. ¿Así te defiendes de algo tan bajo, tan desagradable que nos humilla a ambos?

–¡Creía que te estaba ayudando! –Gabrielle pronunció cada palabra con rabia, sin molestarse en mantener su fachada perfecta. Ya daba igual.

Las emociones que Luc había reprimido durante toda su vida adulta volvieron tan desagradables como las recordaba. Ira. Dolor. ¿Qué sentido tenía? Intentó frenar la oleada emocional que surgía de su interior, pero era demasiado tarde. De repente comprendió que Gabrielle y él eran iguales, cada uno con su máscara de serenidad que ocultaba lo que había debajo.

«¿Qué más da ya?», se preguntó con amargura. Había confiado en ella. Se había casado con ella, y había resultado ser igual que las demás, igual que su madre. Peor, porque la había creído mejor. Porque le había convencido de que le comprendía.

–¿Pensabas que me ayudabas? –Luc tuvo que darse la vuelta para no hacer algo que pudiera lamentar después. Para no mostrarle esos sentimientos que no quería tener.

No soportaría quedar expuesto. Sobre todo después de su traición.

–Sí. Pensaba que te estaba ayudando –ella suspiró–. ¿Por qué lo iba a hacer si no?

Luc se volvió hacia ella y la vio frotarse el entrecejo antes de dejar caer los brazos a los lados y mirarlo con desconfianza. ¡Como si se sintiera ofendida por él!

–Silvio me abordó ayer –le explicó Gabrielle–. Me dijo que tu... que había una cinta.

–No sigas –le ordenó Luc mientras agitaba una mano en el aire y las caóticas emociones de su interior se intensificaban–. No soporto más mentiras.

–¿Mentiras? –ella levantó la vista y los ojos color mar reflejaron ira, confusión y algo más.

–No sé en qué estaría pensando –rugió él. Su propia vulnerabilidad se le clavaba como un cuchillo, y odiaba no poder controlarlo. No poder controlarse. Odiaba que ella hubiera provocado la situación, que lo hubiera planeado desde el principio y que estuviera allí, negándolo todo–. Me he convertido en todo aquello que odio. Soy igual que fue mi padre.

–Yo no soy tu madre –protestó ella con voz sosegada y los ojos fijos en él.

–Este... capricho me ha convertido en un extraño para mí mismo –continuó Luc como si ella no hubiera hablado.

Lo había hechizado, encantado. En otras palabras, lo

había tomado por imbécil. Había jugado con él, que nunca bajaba la guardia. Y para una vez que la bajaba, ahí tenía los resultados. Ira. Dolor. Miedo a que las emociones que al fin había dejado salir fueran a gobernar su vida. Que le convirtieran en su esclavo.

Tuvo el terrible convencimiento de que lo que más dolía era que hubiese sido ella la causante de todo. El convencimiento de que Gabrielle no era mejor que las demás.

–Nunca más –espetó. Maldita fuera.

Gabrielle se acercó a él con gesto de preocupación. Extendió una mano para tocarlo, pero él se la interceptó antes de que pudiera entrar en contacto con su mejilla.

–*Je sais exactement ce que vous êtes, pluz jamais ne me tromperez-vous* –escupió las palabras–. Sé lo que eres, Gabrielle. No volverás a engañarme jamás.

–Luc...

–Lo nuestro ha acabado –le anunció.

La frase le pareció a él mismo como si surgiera desde muy lejos, desde la rabia de otro y no desde sus propias entrañas. ¿Cómo podía estarle sucediendo?

–Este matrimonio nunca debería haberse producido. Debería haber sabido que nadie estaría a la altura de mis expectativas. Que incluso en Niza no eras más que una cuidadosamente elaborada mentira. ¿Lo planeó todo tu padre o también lo hiciste tú?

–¿Cómo... Niza? –preguntó ella aturdida–. ¿Qué podía mi padre tener que ver con...? –se interrumpió en un intento de encontrarle algún sentido a las palabras de Luc–. ¿Estabas en Niza? ¿La primavera pasada?

–Te seguí –admitió él sin el menor rubor. Quería hacerle daño, cualquier cosa para apaciguar la rabia en su interior–. Quería asegurarme de que no ocultabas ningún amante secreto o trapos sucios. Tú no me viste y, créeme, Gabrielle, jamás volverás a verme.

El color abandonó las mejillas de Gabrielle y Luc sintió el impulso de mitigar su dolor al mismo tiempo que se lo provocaba. Quería estrecharla entre sus brazos y besarla con pasión. Incluso en esos momentos la deseaba y se odió, y la odió por ello.

–¡No puedes decirlo en serio! –gritó ella.

Luc la observó recuperar la compostura y se preguntó cuánto le habría costado lograrlo.

–Esto es una locura... un malentendido.

–Quiero la anulación.

–Pero tú... nosotros –Gabrielle abrió los ojos espantada–. No podemos anularlo...

–Ya he contactado con mis abogados –le informó él con una sensación de satisfacción al ver cómo sus golpes le hacían tambalearse.

Aún no le había soltado la mano y recordó cómo esa mano lo había acariciado. Incomprensiblemente, ese recuerdo recrudeció el dolor a pesar de que supiera que era una farsante, igual de falsa que las demás.

–Y sugiero que hagas lo mismo –continuó–. Por supuesto alegaré engaño.

–Luc... –ella tuvo que aclararse la garganta–. Luc, no puedes hacerlo.

–¿Por qué no? –él se acercó, demasiado, y sintió la tentación de los carnosos labios–. Me abandonaste el día de la boda. Mancillaste mi nombre. No eres mejor que esos paparazis tan amigos tuyos. No me cabe la menor duda de que lo planeaste todo para producirme la mayor humillación –le soltó bruscamente la mano–. Para mí no eres nada.

–Pero... pero yo te amo.

A Gabrielle le faltó el aliento y se cubrió la boca con las manos, como si intentara recuperar las palabras que acababa de pronunciar en voz alta. Respiraba agitadamente y sus ojos parecían oscuros y brillantes por la emoción.

Pero a Luc no le bastaba con eso. Quería que ella negara que hubiera tenido tratos con Silvio, que le hubiera vendido. Quería que sufriera dolor, que llorara. Quería asegurarse de que se sintiera tan vacía como se sentía él.

—¿Disculpa? —exclamó con desprecio—. ¿Qué acabas de decir?

—He dicho que te amo —apretó los puños con fuerza y los dejó caer a los lados del cuerpo.

—¿Tú me amas?

Era como si hubiese hablado en alguno de los escasos idiomas que él no conocía. Luc pronunció la palabra «amor», como si fuera una enfermedad, como si se fuera a contagiar por decirlo en voz alta. En su interior algo se rompió y sintió el ascenso de la emoción junto con el pesar que la acompañaba.

—¿Y cómo esperas que reaccione ante esta oportuna declaración? —él ladeó la cabeza.

—No espero nada —ella tragó con dificultad—. Es la verdad, ni más ni menos.

Luc soltó una palabrota en italiano que hizo que ella se sonrojara. Después, apoyando las manos sobre sus hombros, la atrajo hacia sí.

¿Era amor o locura? ¿Era el amor una locura, tal y como siempre había sospechado? ¿Por qué se moría de ganas de tocarla, desnudarla? No era más que sexo, se dijo.

—Lo que tú amas es lo que sé hacerle a tu cuerpo —espetó Luc—. Amas el modo en que te hago sentir. Nada más.

—No puedo evitar que pienses así —susurró ella con un nudo en la garganta—. Pero te amo.

–Me conmueves, Gabrielle, pero no me impresiona esta declaración a destiempo –hundió los dedos en la suave piel de sus hombros y la empujó hacia atrás–. Dile a tu padre que me amas, y que por eso me traicionaste, y que por eso te devuelvo como algo defectuoso.

–Luc...

Al fin las lágrimas bañaron el rostro de Gabrielle y Luc se deleitó en su contemplación al mismo tiempo que deseaba poder arrancarse esa parte de él que aún quería protegerla a pesar de lo que le había hecho, de lo poco que debía importarle para habérselo hecho. Pero no había error posible. Él mismo le había visto traicionarle, con sus propios ojos.

–¡Yo jamás te traicionaría! Te amo –sollozó ella.

–Tú y tu amor podéis iros al infierno –concluyó él con brutal frialdad.

No supo de dónde surgió esa frialdad, pero fue su salvación. Se apartó de ella y se dijo que no le importaba cuando la vio desmoronarse sobre la alfombra.

Tenía que dejarla antes de perderse y salió por la puerta sin mirar atrás.

Gabrielle tardó largo rato en levantarse de la alfombra.

Y pareció necesitar una eternidad para aceptar que Luc la había abandonado, abandonado su casa, Londres, a ella. Aun así, no lo asimiló plenamente hasta pasadas dos semanas.

Luc no contestaba sus llamadas, ni se las devolvía. Había enviado a unos empleados a recoger sus cosas al día siguiente de su marcha. Sin embargo, aún se aferraba a una frágil esperanza, algo que su padre se encargó de aniquilar con una breve llamada a Londres.

–Lo mejor será que vuelvas a casa –rugió el rey–. Tus payasadas te han hecho perder un marido. Intenta al menos que no te hagan perder también el trono.

Gabrielle no fue consciente de sufrir una especie de conmoción hasta su vuelta a Miravakia, escondida en el *palazzo* de su padre como si jamás se hubiera marchado. Tenía la sensación de estar encerrada en una burbuja, bajo el agua, lejos de lo que sucedía a su alrededor. En medio de la noche, incapaz de dormir, su cuerpo febril y su corazón martilleaban ante la enormidad de la pérdida y ella era consciente de estarse escondiendo, temerosa de permitirse sentir el dolor que le provocaba la pérdida de Luc.

–Has demostrado lo inútil que eres y has arruinado tu reputación, de modo que ya no podremos comerciar con ella –había dicho el rey Josef una mañana mientras desayunaban pocas semanas después del regreso de Gabrielle.

Mientras contemplaba su plato de cereales, Gabrielle fue consciente de dos cosas. Una, que aquélla no era la primera vez que su padre le hablaba en ese tono. Y dos, que no estaba obligada a escucharle.

Una parte de la coraza de la que se rodeaba se resquebrajó.

Estaba harta de él. De su natural crueldad y desprecio hacia ella. Estaba obligada a respetarle como rey, e incluso en cierta medida como padre. Pero eso no significaba que tuviera que soportar su comportamiento ni un segundo más.

¿Qué podría sucederle? El rey la había casado con un desconocido. Luc la había abandonado. Nada podría ser peor.

De repente, tuvo la sensación de que el sol se abría paso entre las nubes.

Gabrielle alzó la cabeza y miró fijamente a su padre, como si lo viera por primera vez.

Siempre lo había defraudado. Porque no era un chico, porque no era capaz de leerle la mente y anticiparse a sus deseos, porque su madre había muerto y la había dejado a su cargo. Porque él era un hombre que jamás se sentiría complacido.

Recordó haber pensado que era igual que Luc, que eran la misma clase de hombre, y casi soltó una carcajada. El rey Josef era mezquino, malvado. Luc era más básico, imparable. El rey Josef dominaba la estancia en la que estuviera porque pensaba que debía ser así, Luc lo hacía porque no podía evitarlo, no era lo que hacía sino lo que era.

Y lo más importante, Luc le había hecho sentirse libre. No había tenido que comportarse como la contenida y tranquila princesa que el rey Josef exigía. A Luc le había gustado que no disimulara, le había gustado salvaje, libre. Y sólo con Luc se había mostrado impecable en público y desinhibida en privado.

Sólo con Luc.

—¿Se puede saber por qué sonríes? —preguntó el rey Josef—. Cada vez que pienso en la vergüenza que has traído a esta familia, a esta nación, no puedo ni pensar en volver a sonreír.

—Estaba pensando en Luc —la mente de Gabrielle funcionaba a toda prisa. La coraza había desaparecido y los sentimientos tanto tiempo reprimidos se habían liberado.

Había pasado toda su vida reprimiéndose y en silencio con la esperanza de poder agradar a alguien a quien jamás se podría agradar. ¿Por qué hacía lo mismo con la ira de Luc?

—No tiene sentido que pierdas tu tiempo con Garnier –contestó el rey Josef con desdén–. No quiere nada contigo.

–Sí, padre –contestó ella con impaciencia–. Fui yo la que se casó con él. Ya sé lo que dijo.

–¿Disculpa? –su padre reaccionó con frialdad.

Normalmente, Gabrielle habría intentado calmarlo. Se habría disculpado. Claro que, normalmente, su desagrado le habría provocado ansiedad.

Sin embargo ya casi no le importaba. Se había hartado de intentar complacerle.

–Mi matrimonio no es asunto tuyo –le dijo con mucha calma–. Y te agradeceré que te guardes tus opiniones para ti mismo.

–¿Quién te has creído que eres? –el rey resoplaba de ira.

–Soy la futura reina de Miravakia –las palabras surgieron de la boca de Gabrielle como si llevara años esperando para poder pronunciarlas–. Ya que no respetas el hecho de que sea tu hija y una mujer adulta, al menos respeta eso.

–¿Cómo te atreves a hablarme en ese tono? –rugió su padre–. ¿Es así como te has comportado con Garnier? ¿Por eso se ha desecho de ti?

–Creo que te refieres a mi matrimonio con Luc Garnier –precisó Gabrielle con dulzura.

Le sorprendió que después de tanto tiempo no estuviera enfadada con su padre, sino simplemente harta. Lo contempló y vio a un hombre muy pequeño, mutilado por una excesivamente elevada opinión de sí mismo y la necesidad de dominar a su hija.

–Tu matrimonio ha terminado –espetó él en tono hiriente.

Gabrielle reflexionó sobre ello mientras doblaba cuidadosamente la servilleta de lino junto al plato y se

apartaba de la mesa. ¿Por qué había acabado su matrimonio? ¿Porque lo había dicho Luc? Ni siquiera él podía separar lo que Dios había unido. Lo había escu-
chado hasta la saciedad durante su boda.

–¿Adónde vas? –preguntó su padre al ver que Gabrielle se dirigía hacia la puerta.

Amaba a Luc y las semanas que habían pasado se-
parados no habían cambiado sus sentimientos, en todo
caso los habían hecho más fuertes. La horrible reacción
de su marido tampoco había conseguido disminuir lo
que sentía, aunque seguía furiosa porque la hubiera
echado de su vida. Mirando atrás, estaba claro que Silvio les había enfrentado.

Había llegado la hora de hablar por sí misma, de per-
seguir sus sueños. Ya no era la criatura débil y maleable
que había sido y no tenía ninguna intención de dejar
marchar a Luc sin luchar.

Respondería del mismo modo en que él había reaccionado ante su huida.

Lo encontraría y le explicaría que no tenía otra op-
ción. Y luego se lo llevaría a la cama.

Cuanto más pensaba en ello, más ganas tenía de llevar su plan a cabo.

Capítulo 17

EN ROMA hacía calor y Luc se sentía malhumorado.

Adelantó a un grupo de turistas españoles que se hacían fotos ante la fuente de Neptuno en un extremo de la Piazza Navona, y apenas pudo contener la tentación de sacudirles un puñetazo por estar en su camino.

Llevaba semanas de pésimo humor, pero no podía fingir desconocer el motivo.

Aunque había dejado a Gabrielle en Londres, su fantasma lo seguía a todas partes. Al principio se había refugiado en su oficina central de París. El trabajo era su razón de ser y desde la muerte de sus padres había definido su existencia. Sin embargo, mientras leía los contratos, veía su misteriosa sonrisa. Durante las reuniones se imaginaba con ella en la cama. La sentía, sentía sus manos acariciándolo y se desesperaba ante el amasijo emocional en que se había convertido.

Temió volverse loco o, peor aún, que ya lo estuviera.

Por eso se había trasladado a su ático de Roma, junto a la Piazza Navona. Allí era donde recargaba las pilas. A pesar de que la familia de su madre tenía una villa en la vía Apia, que él había heredado a su muerte, prefería el bullicio sin fin del centro de la ciudad.

Al menos hasta ese día. La Roma encantada por los fantasmas de miles de años de historia ya sólo tenía uno, el de Gabrielle. La veía por todas partes. Oía la música de su risa en la brisa del viento y en sueños alargaba una mano en un intento de alcanzarla antes de despertar, sólo y furioso.

–No sé cuándo volveré –rugió Luc por el móvil mientras miraba furioso la escena provocada por los turistas en la plaza. Tanto turistas como locales disfrutaban del sol y el ambiente de Roma, mientras que él era incapaz de escapar de la mujer a la que se negaba a seguir deseando.

–*Capisco bene* –contestó Alessandro al otro lado de la línea–. Yo me ocuparé de los asuntos de la oficina, Luc. Tómate el tiempo que necesites.

Luc comprendió que su segundo al mando creía que sufría algún melodramático mal romántico y soltó una carcajada. ¿Cómo explicarle a Alessandro que Gabrielle había conseguido destapar la caja donde guardaba las emociones que jamás pensaba sentir? No había nada melodramático en todo aquello. Era de lo más mundano, y le estaba matando.

–No sufro mal de amores, Alessandro –le espetó.

–Por supuesto que no –contestó el otro hombre evidentemente disfrutando.

A Luc le ponía furiosa su actitud, pero no podía hacer nada salvo colgar el teléfono.

Al acercarse a su casa levantó la vista y su mal humor se redobló al reconocer a la persona que esperaba junto a los coches aparcados. El rostro cetrino y el pelo rizado sólo podía pertenecer a una persona: Silvio Domenico.

La última persona que Luc hubiera querido ver jamás, y desde luego no en ese momento.

–¡Luc! –saludó Silvio con voz burlona–. Qué día tan hermoso. Lástima que estés solo.

Mientras hablaba, levantó la cámara e hizo una serie

de disparos, pero Luc no alteró sus pasos, ni su expresión, mientras se acercaba a él.

–Hoy mostramos al tipo silencioso, ¿eh? –insistió Silvio–. ¿No hay puñetazos? ¿Ninguna palabrota? Qué desilusión.

A Luc le hubiera encantado aplastar a Silvio. Desearía poder rodear el cuello de ese tipo con sus manos, arrancarle las extremidades y lanzárselas a los perros. Sin embargo, no hizo nada de eso. Se paró al llegar a su altura y contempló con frialdad al fotógrafo.

–Aún no he visto mi vida privada en las noticias –le dijo–. Me defraudas, Silvio.

–Es sólo cuestión de tiempo –fanfarroneó el otro hombre–. Te seguiré adonde quiera que vayas. Todo lo que hagas quedará registrado. Por rico y poderoso que seas, sigues sin poder controlarme.

Luc esperó a que lo asaltara la habitual oleada de furia, pero no llegó. A su mente acudió únicamente Gabrielle. Pensó en el hecho de que no había aparecido ninguna foto suya. Ni siquiera rumores sobre la existencia de tales fotos, como era habitual. Ningún comentario sobre su matrimonio y su esposa. Y, de repente, supo que jamás habría nada de eso.

Supo que las fotos no habían existido nunca. Silvio había estado jugando, sabedor de que él daría por hecho inmediatamente que Gabrielle lo había traicionado. Recordó la última noche en Londres y la mirada, estupefacta y llorosa, de los ojos color mar.

«Te amo», oyó con la misma claridad que si se lo estuviera susurrando al oído. «Te amo».

–¿Se te ha comido la lengua el gato? –Silvio siguió con su provocación.

–Qué pesado eres –contestó Luc al fin mientras contemplaba a Silvio como a la cucaracha que era–. Qué vida tan vacía debes de tener. Tendré que planear algún viaje exótico para que al menos tengas la posibilidad de ver bonitos paisajes.

–*Garnier, abandonado por su esposa, sucumbe al alcohol y las drogas* –Silvio se inventó un hipotético titular de prensa–. *El otrora temido multimillonario Garnier, despojado de amor, se lame las heridas en una orgía romana.*

–No me había dado cuenta hasta ahora de lo obsesionado que estabas conmigo –Luc enarcó una ceja–. Qué triste.

–¡No deberías haberme golpeado! –rugió Silvio.

–No deberías haberte entrometido con tu cámara en un momento de luto –respondió Luc con frialdad–. Y mucho menos llamar puta a mi madre.

–Dicen que los hombres se casan con sus madres –el fotógrafo sonrió con malicia.

El primer impulso de Luc fue lanzar su puño contra el rostro de Silvio, otra vez. Pero al reflexionar sobre ello un instante, casi sonrió. «No soy tu madre», le había dicho Gabrielle. Y desde luego no lo era. Nunca lo había sido.

–¿Estás llamando puta a mi esposa? –preguntó con calma.

No conseguía sentir la ira que esperaba porque todo aquello era absurdo. Gabrielle, por supuesto, era inocente.

–¿Te refieres a la princesa? Supongo que no –murmuró Silvio–. Pero estaba tan disgustada por la supuesta existencia de una cinta de contenido sexual, tuya y de La Rosalinda, que me pagó diez mil libras para destruirla –soltó una carcajada–. Como si fuera a entregarle un documento así por tan poca cantidad cuando podría sacarle diez veces más.

Luc lo miró fijamente unos segundos. ¿Acaso podía culpar a Silvio? ¿Acaso la culpa no era suya por precipitarse a la conclusión de que ella lo había traicionado? Gabrielle no había planeado humillarlo. No tenía nada que ver con las demás mujeres. No había ninguna relación entre ella y el sapo que tenía delante. Ninguna.

–¿Es tu venganza? –preguntó al fin.

–No necesito vengarme –bufó Silvio–. Tengo diez mil libras. ¿Vas a golpearme otra vez? –lo provocó–. ¿Qué tal una nariz rota? Me pregunto por cuánto podría demandarte.

–No tendría ningún sentido –Luc soltó una carcajada mientras se dirigía hacia el portal de su casa–. Es demasiado absurdo. Puedes publicarlo. Queda como un imbécil ante toda Europa. Con mis mejores deseos.

Silvio soltó un juramento, pero Luc no respondió. Le daba igual. Era como si el molesto paparazi, tras años persiguiéndole a todas partes, hubiera dejado de existir.

Estaba mucho más concentrado en el hecho de que había llamado a Gabrielle «mi esposa». En presente.

Gabrielle aterrizó en Roma cargada de recuerdos.

Le parecía otra persona la que había huido desde Miravakia a esa ciudad la noche de su propia boda, huido de todo lo que había conocido y de un marido que no quería conocer.

¿Cómo había podido cambiar tanto en tan poco tiempo? Estaba plenamente decidida a luchar por ese hombre. Su amor por él la quemaba, brillante, feroz y verdadero. Apenas se reconocía a sí misma.

La bulliciosa ciudad surgió a su alrededor mientras circulaba en un taxi desde el aeropuerto. No le había resultado muy difícil averiguar el paradero de Luc. Él mismo le había confesado que era su ciudad preferida, aunque sólo iba allí para desconectar, lo cual significaba que la visitaba menos de lo que desearía hacer.

Además, el segundo al mando en las oficinas en París le había confesado que Luc no estaba allí. Si de verdad hubiera significado tan poco para él como le había asegurado en Londres, no debería acusar su ausencia y estaría trabajando con normalidad.

El hecho de que no estuviera en Francia, de que ni siquiera pareciera estar trabajando, debía de ser bueno. Recordó algo que le había contado durante el recorrido por la costa de California.

—Siempre preferiré Roma a las demás ciudades —le había confesado—. Allí me siento casi como en casa.

—¿Y por qué no vas más a menudo? —le había preguntado ella.

—Mis oficinas están en París —Luc se había encogido de hombros, como si el trabajo fuera lo único que importara.

Contempló su mano izquierda donde descansaban los dos anillos. El diamante estalló en llamas bajo el sol del mediodía, recordándole la noche que se lo había regalado. Se había mostrado rígido, formal y distante, pero incluso en esos momentos ella había sentido su vulnerabilidad.

Luc no podía confiar en ella, ni en nadie. Nunca había tenido en quien poder confiar.

Sus padres lo habían abandonado, primero centrados en su histriónica relación y más tarde con su temprana muerte. Y cuando Silvio había acudido a él con sus mentiras, no había encontrado ningún motivo para dudar de su veracidad. Un mes de amor no podía anular toda una vida de desconfianza y sospechas.

Pero ella estaba cada vez más decidida. Lo amaría, quisiera él o no. Jamás se rendiría. De algún modo conseguiría llegar a él, a esa parte vulnerable que siempre mantenía oculta.

Luc se asomó a la terraza del ático y contempló los tejados de Roma. Jamás había llevado a ninguna de sus mujeres a esa casa, la más íntima de todas las que tenía, y no había tenido ninguna intención de llevar allí a Gabrielle, incluso después de casarse con ella.

Aun así, no podía evitar pensar en lo mucho que habría disfrutado contemplando la puesta de sol sobre la ciudad con sus luces naranjas y doradas.

«Te amo».

Le había llamado «mi esposa». No «mi ex esposa». Había contactado con sus abogados para que preparasen los documentos necesarios, pero desde entonces evitaba contestar a sus llamadas. Y en esos momentos fue consciente de lo que debería haber sabido todo el tiempo: que ella no le había traicionado. Silvio le había hecho quedar como un idiota, e incluso le había enfrentado a Gabrielle, y como era un idiota, había caído en la trampa. ¿Había querido creer que era capaz de semejante traición? ¿Había querido ver en ella a su madre? ¿Había pretendido confirmar sus peores temores?

No acababa de comprender qué significaba todo aquello. Él, que era famoso por su resolución y su franqueza.

Dejó la copa de vino sobre la mesita y se acercó inquieto a la barandilla. Recordó cómo, de joven, en ese mismo lugar, había planeado las diferentes maneras de incrementar su patrimonio, conquistar a sus rivales, anular a sus enemigos. Todo lo cual había logrado.

Pero en esos momentos sólo podía pensar en las hechizantes curvas de las caderas de Gabrielle, en el gemido que emitía cuando se aproximaba al clímax. En su serena y elegante dulzura y en el animal salvaje que contenía.

Estaba obsesionado.

Era una nueva y desagradable experiencia y Luc tuvo que obligarse a admitir la derrota.

Le parecía imposible vivir sin ella.

¿Lo había sospechado siquiera en Londres? ¿Por eso había estado más que dispuesto a abandonarla? ¿Había emprendido la huida para conservar su vida vacía y carente de emociones que con tanto cuidado se había labrado y que ella había destrozado?

Entró en la casa soltando un juramento mientras intentaba asimilar la nueva información. Si no podía vivir sin ella, significaba que tendría que recuperarla. Y también significaba muchas más cosas que no estaba seguro de querer admitir.

De repente oyó el timbre del ascensor privado que se había parado en su casa.

—Lo siento mucho, señor Garnier —se excusó de inmediato el conserje—. Ya sé que debemos anunciarle cualquier visita pero...

—Hola, Luc —Gabrielle salió con calma del ascensor.

Dio, qué hermosa era. Iba vestida con una chaqueta azul y una falda que le hubiera gustado arrancarle del cuerpo en ese mismo instante.

—Gabrielle —él se deleitó en las sílabas de su nombre. ¿Había conjurado su aparición como en los cuentos de hadas?

—Me parece que con las prisas por marcharte —proclamó ella con su voz suave y cantarina sin quitarle los ojos de encima— se te olvidó algo.

Luc reconoció sus propias palabras, pronunciadas en un tono tan diferente, tan airado, y una especie de sonrisa curvó sus labios.

–¿En serio? –él se deleitó en su contemplación–. ¿Qué me olvidé?

Ella echó la cabeza hacia atrás, desafiante. Había cambiado, parecía más segura y lo miraba fijamente a los ojos. Sin miedo.

–A tu esposa –contestó.

Capítulo 18

TE AMO –proclamó Gabrielle mientras avanzaba sobre el suelo de mármol hasta quedar a escasos centímetros del severo y adorado rostro de Luc–. A pesar de que me rompieras el corazón en Londres, te amo, y me niego a aceptar que nuestro matrimonio haya acabado.

–Veo que te has dejado crecer las uñas –murmuró Luc–. Mi ausencia te ha sentado bien.

Ella era incapaz de leer su expresión. Había algo nuevo en su forma de mirarla que no era frialdad, ni crueldad. Un rayo de esperanza prendió en su interior.

–No me sentó bien –negó con las manos apoyadas en las caderas–. Fuiste un imbécil.

–Creía que le habías vendido unas fotos a Silvio –los labios de Luc se curvaron–. Unas fotos comprometedoras de nuestra luna de miel, para ser más exactos.

–Le pagué por una cinta en la que aparecías con La Rosalinda, para evitar que la vendiera –espetó Gabrielle con el ceño fruncido–. ¿Fotos de ti y de mí?

–Pareces espantada –asintió él.

–¡Pues claro que me siento espantada! –exclamó Gabrielle–. ¿Cómo pudiste creerte algo así? Yo jamás le vendería unas fotos a nadie. ¡Soy la princesa heredera de Miravakia! No una cabaretera de poca monta.

–Ya sé quién eres –los ojos de Luc se oscurecieron.

–¡Pues yo diría que no!

Él ladeó la cabeza y ella lo miró a los ojos. El aire parecía cargado de tensión, de calor. Los ojos de Gabrielle centelleaban y sus mejillas ardían mientras la estancia parecía dar vueltas. Lo único que veía era la mirada gris de Luc.

–Sé muy bien quién eres –insistió él con una voz vibrante que hizo que a ella le temblara el pecho, las piernas–. Estoy obsesionado contigo.

Parecía un guerrero, un ángel vengador, resuelto y feroz, y el ser más hermoso que Gabrielle hubiera visto jamás.

–Oigo tu voz a todas horas –continuó él con rabia–. Sueño con tus caricias. Huelo tu aroma, conozco tu caminar –hablaba en voz baja, apenas un susurro.

–Si me hubieras contado lo que te dijo... –la respiración de Gabrielle se aceleró.

–No podía –contestó Luc con toda la rabia del hombre orgulloso y difícil que era–. No sabía cómo hacerlo. Y él se aprovechó manipulándonos.

El amor que Gabrielle sentía por él se acrecentó ante la confesión que acababa de hacerle. Sentía el cambio producido en él, aunque apenas se atrevía a imaginarse qué podría significar. De pie ante ella parecía un dios romano de torso brillante, cabellos húmedos y ojos oscuros como el acero, y esa deliciosa y cruel boca dibujando una sardónica sonrisa.

–¿Por qué has venido? –preguntó él con calma, con un ligero toque de burla, como si ya lo supiera–. ¿Me has perseguido?

–No te pienso conceder el divorcio. Lucharé contra la anulación. Lucharé contra ti –ella alzó la barbilla desafiante.

–¿Por qué? –preguntó Luc mientras se acercaba y la taladraba con la mirada.

–Porque te amo –susurró ella–. ¿Por qué si no?

–Ah, claro. Amor –suspiró él–. ¿De eso se trata? ¿Cómo lo sabes?

–Por tu culpa, los demás hombres se han acabado para mí –ella no se atrevía a tocarlo.

–¿Has intentado comprobar tu teoría? –los ojos de Luc brillaban divertidos.

–¿Y si lo hubiera hecho? –le provocó ella sin saber de dónde surgía esa respuesta. Se atrevía a cualquier cosa, a todo con tal de recuperarle.

–Ah, Gabrielle –murmuró él con voz ronca mientras hundía una mano en los cabellos color miel y la obligaba a ponerse de puntillas–. Tú serás mi perdición.

–Me amas –aseguró ella.

Estaba segura. Como estaba segura de necesitar respirar, segura de su amor por él.

Hubo una pausa cargada de tensión y sus miradas se fundieron. Gabrielle le rodeó el cuello con las manos y se pegó a él, aplastando sus pechos contra el fuerte torso.

–Es verdad, maldita seas –susurró él–. Es verdad.

Sus bocas se fundieron y Gabrielle se rindió a las sensaciones. Él la besó una y otra vez, salvaje y tierno, como si nunca pudiera saciarse. Era una disculpa, y era una súplica.

Luc se inclinó y la tomó en sus brazos, sin despegar los labios de los suyos. Gabrielle tuvo una fugaz visión de un elegante salón antes de ser depositada sobre una alfombra oriental frente a la chimenea.

Después emitió un gemido y se olvidó del salón. No le importaba dónde estuvieran, sólo que, por fin, él la tocaba y le subía la falda para que pudiera rodearlo con las piernas.

Luc soltó un juramento cuando ella intentó en vano bajarle la cremallera del pantalón. Al final lo hizo él mismo con dos fuertes sacudidas. Gabrielle sólo dispuso de unos segundos para contemplar la inmensa masculinidad, orgullosamente erecta, antes de sentir cómo se hundía en su interior, profunda, dura y salvaje.

Llegó casi de inmediato con fuertes sacudidas. Luc se sintió sobrecogido por la oscura magia de su sabor, sus caricias, y le siguió gritando su nombre.

Pero aquello no era magia, lo sabía. Era amor.

Por eso había huido de ella en Londres aprovechando la primera excusa que había tenido.

—Tengo unos conocimientos muy distorsionados del amor —declaró él cuando Gabrielle al fin abrió los ojos—. Enfermizos.

—Entonces no es amor —susurró ella mientras lo miraba con calma.

—No creo en el amor —confesó Luc mientras la besaba—. No sé cómo creer en él.

—No está en tu cabeza, sino en tu corazón —ella apoyó una mano en el pecho de Luc—. He pasado toda mi vida amando a alguien que no me correspondía. Creo que amar es sentirse libre. No se esconde ni tiene miedo. Es la plenitud cuando al fin estamos juntos.

Era maravillosa. Era su esposa. Luc sintió una primitiva oleada de posesión y emoción y supo que era verdad. La amaba.

Más allá de la lógica y la razón, estaba locamente enamorado de ella. Lo volvía loco, y la mayor locura era que ya no le importaba haber perdido su objetividad.

—Te amo —declaró con fuerza, saboreando las palabras mientras sentía una nueva erección—. Y no creo que cambie nunca. No creo que puedas escapar.

—Me alegro —susurró ella mientras empezaba a mover las caderas.

Siempre sería así, pensó Gabrielle poco después. Llevaba puesta la enorme camisa de Luc y disfrutaba en sus brazos de la preciosa noche romana desde la terraza.

En su matrimonio no habría días aburridos, sólo habría Luc. No era una persona de fácil convivencia, y a lo mejor ella tampoco, pero siempre les quedaría la pasión, el salvaje y dulce fuego que les reducía a cenizas una y otra vez. Lo deseaba, de nuevo. Siempre.

—Recuperaré el dinero que le diste a ese sapo —le prometió Luc de repente—. No se aprovechará de mi esposa con una cinta que jamás existió.

—No me importa —murmuró Gabrielle—. Ni siquiera comprobé lo que me dio.

—Pues a mí sí me importa —la voz de Luc era implacable—. Sin duda se inventará otras historias, y ésas no me importarán. Pero te devolverá el dinero que te robó.

Gabrielle sonrió. Si era cierto que ya no le importaba la prensa, entonces había cambiado de verdad. Lo que había comenzado con una ligera esperanza cargada de decisión, había florecido mientras hacían el amor y al fin estallaba en su interior.

Lo iban a conseguir. Todo saldría bien. Al fin todo era como debía ser.

—Si así lo deseas —asintió ella.

—¿Cómo puedes amar tanto a un hombre como yo? —le preguntó con ligereza aunque la mirada era severa—. Un hombre que abusa de ti, te persigue y luego te abandona, que está dispuesto a creer lo peor de ti, que te acusa de todos los pecados imaginables...

Gabrielle le acarició una mejilla y ambos reacciona-
ron sobresaltados ante la descarga eléctrica que se produjo entre ellos, como si no hubiesen hecho el amor tres
veces ya.

Amaría a ese hombre eternamente.

–Bueno, Luc –ella sonrió–. Pues procura que no
vuelva a suceder.

Luc pegó su boca contra los carnosos labios de Gabrielle.

Y ella supo sin lugar a dudas que habían encontrado
el camino a casa.

Al fin.

Bianca™

Aquél era el paraíso… de la seducción

Rachel Claiborne es una belleza, pero está cansada de que la juzguen por su aspecto físico, y nunca ha dejado que se le acerque ningún hombre. Por el momento, está centrada en encontrar a su madre, que ha abandonado a su familia para marcharse a la paradisiaca isla de San Antonio.

Rachel no tarda en caer bajo el hechizo de la isla, personalizado en el irresistible Matt Brody. Por primera vez en su vida, quiere entregarse a un hombre, pero no puede dejarse llevar… porque es evidente que Matt sabe algo acerca de su madre desaparecida…

Relación prohibida

Anne Mather

Acepte 2 de nuestras mejores novelas de amor GRATIS

¡Y reciba un regalo sorpresa!

Deseo™

Un nuevo compromiso

ROBYN GRADY

El dinámico y guapísimo millonario de Sidney Mitch Stuart sería presidente del imperio de su familia en dos semanas, y no podía permitirse ninguna distracción.

Vanessa Craig trabajaba duro para mantener su negocio a flote, aunque no podía evitar interesarse más por las mascotas de su tienda que por el dinero del banco. Mitch se ofreció a ayudarla del único modo que sabía: financieramente. Pero los cautivadores besos de Vanessa amenazaban su norma principal: no mezclar nunca los negocios con el placer.

Era un portento en la sala de juntas...
¡y en el dormitorio!

Bianca™

Ella es demasiado inocente para aquel griego implacable...

Lysandros Demetriou es un magnate de la industria naval, pero también es el soltero más codiciado de Grecia. Las mujeres más hermosas compiten por su atención, pero para un hombre frío e implacable como él ellas no son más que meros objetos prescindibles.

Sin embargo, un buen día Petra Radnor irrumpe en su vida. Su belleza le resulta irresistible al joven griego. Ella es capaz de despertar algo que ha estado escondido durante muchos, muchos años. Lysandros no logra apagar la llama de la pasión y debe decidir si su deseo por Petra es un simple capricho o una obsesión para toda la vida...

Obsesión implacable

Lucy Gordon